W9-CHH-227

Les Éditions du Boréal
4447, rue Saint-Denis
Montréal (Québec) H2J 2L2
www.editionsboreal.qc.ca

LA PETITE FILLE
QUI AIMAIT TROP
LES ALLUMETTES

L'Immaculée Conception, roman, Laterna Magica, 1994 ; Boréal, coll. « Boréal compact », 1999. Paru sous le titre *8 décembre,* Montpellier, Éditions Climats, 1995.

L'Acquittement, roman, Boréal, 1997 ; coll. « Boréal compact », 2000.

Catoblépas, théâtre, Boréal, 2001.

Music Hall !, roman, Boréal, 2002.

L'Angoisse du héron, nouvelle, Le Lézard amoureux, 2005.

Gaétan Soucy

LA PETITE FILLE
QUI AIMAIT TROP
LES ALLUMETTES

roman

Boréal

Les Éditions du Boréal reconnaissent l'aide financière du gouvernement du Canada par l'entremise du Fonds du livre du Canada (FLC) pour leurs activités d'édition et remercient le Conseil des arts du Canada pour son soutien financier.

Les Éditions du Boréal sont inscrites au programme d'aide aux entreprises du livre et de l'édition spécialisée de la SODEC et bénéficient du programme de crédit d'impôt pour l'édition de livres du gouvernement du Québec.

Couverture : www.camaradesaffichistes.com

© Les Éditions du Boréal 1998 pour l'édition originale
© Les Éditions du Boréal 2000 pour la présente édition
Dépôt légal : 1er trimestre 2000
Bibliothèque nationale du Québec

Diffusion au Canada : Dimedia

Données de catalogage avant publication (Canada)
Soucy, Gaétan, 1958-2013

La petite fille qui aimait trop les allumettes

2e éd.

(Boréal compact ; 114)

Éd. originale 1998.

ISBN 978-2-7646-0023-8

I. Titre.

PS8587.O913P47	2000	C843'.54	C99-1912-9
PS9587.O913P47	2000		
PQ3919.2.S68P47	2000		

ISBN PAPIER 978-2-7646-0023-8
ISBN PDF 978-2-7646-0983-5
ISBN EPUB 978-2-7646-1028-2

À Isabelle

L'expérience du sentiment de douleur n'est pas l'expérience qu'une personne (par exemple « JE ») *possède* quelque chose. Dans les douleurs, je distingue une intensité, un lieu, etc., mais non un propriétaire. Comment seraient donc des douleurs que « n'a » personne ? Des douleurs qui n'appartiennent vraiment à personne ?

Tout le problème vient de ce que les douleurs sont toujours représentées comme quelque chose que l'on peut percevoir, au sens où on perçoit une boîte d'allumettes.

LUDWIG WITTGENSTEIN

PREMIÈRE PARTIE

Nous avons dû prendre l'univers en main mon frère et moi car un matin peu avant l'aube papa rendit l'âme sans crier gare. Sa dépouille crispée dans une douleur dont il ne restait plus que l'écorce, ses décrets si subitement tombés en poussière, tout ça gisait dans la chambre de l'étage d'où papa nous commandait tout, la veille encore. Il nous fallait des ordres pour ne pas nous affaisser en morceaux, mon frère et moi, c'était notre mortier. Sans papa nous ne savions rien faire. À peine pouvions-nous par nous-mêmes hésiter, exister, avoir peur, souffrir.

Gisait n'est d'ailleurs pas le terme propre, si ça se trouve. C'est mon frère levé le premier qui constata l'événement car, comme j'étais le secrétarien ce jour-là, j'avais le droit de tarder à me sortir du lit des champs après une nuit à la belle étoile et je venais à peine de m'installer à la table devant le grimoire quand voilà que frérot redescend. Il était convenu que nous devions frapper avant d'entrer dans la chambre de père et que nous devions, après avoir frappé, attendre que père nous autorise à pénétrer, car il n'eût pas fallu que nous le surprissions durant ses exercices.

— J'ai frappé à la porte, dit frère, et père n'a pas répondu. J'ai attendu jusqu'à… jusqu'à…

Frère sortit de son gousset une montre qui n'avait plus d'aiguilles depuis lurette.

— … jusqu'à tout de suite, exactement, et il n'a toujours pas donné signe de vie.

Il continua à fixer sa montre vide, comme s'il n'osait plus poser les yeux ailleurs, et je voyais la peur — la peur et la stupeur — monter dans son visage comme de l'eau dans une outre. Quant à moi, je venais d'inscrire la date en haut de la page, l'encre en était toute fraîche encore, et je dis :

— C'était bien la peine. Mais consultons le rouleau, nous verrons bien.

Nous scrutâmes les douze articles du code de la bonne maison, c'est un très joli document, qui remonte à des siècles et des siècles, avec lettrines et enluminures, si je sais ce que ça veut dire, mais il ne s'y trouvait point d'article qui entretînt avec la situation un rapport même lointain. Je replaçai le rouleau dans sa boîte poussiéreuse, la boîte dans son armoire, et je dis à mon frère :

— Entre! Ouvre la porte et entre! Il se peut que père soit décédé. Mais il se peut aussi que ce ne soit qu'une figette.

Il y eut un long silence. On n'entendait que les grincements du bois dans les murs, car le bois des murs grince tout le temps dans la cuisine de notre terrestre séjour. Frère haussa les épaules et secoua sa grosse tête.

« Qu'est-ce que ça veut dire tout ça ? Je ne comprends rien. » Puis il agita vers moi un index menaçant : « Écoute-moi bien. Je vais monter et, je t'avertis, si papa est décédé… tu m'entends ? si papa est décédé… » Il n'alla pas plus loin. Il détourna sa figure comme un chien qui renonce.

— Ne t'en fais pas, dis-je. Nous ferons face à la musique, va.

Et frère y fut. Et c'est ainsi qu'il apprit que papa ne fermait pas sa porte à clé. Nous savions bien sûr qu'elle ne l'était pas, fermée à clé, quand nous entrions. Mais père sur pieds avant nous, si tant est qu'un tel être dormît la nuit, devait, croyions-nous, déverrouiller la porte à notre réveil, pour notre commodité. Il fut néanmoins révélé à mon frère ce matin-là que père devait sans doute dormir la nuit puisqu'il était nu, les yeux clos, la langue sortie, et que par ailleurs il ne verrouillait pas sa porte. Car on ne voit pas pourquoi, s'il n'avait pas dormi la nuit, et s'il était par le fait même demeuré dans ses habits, il se serait donné la peine de se mettre nu pour passer l'arme à gauche. Il devait donc dormir et dormir nu, et être mort dans cet appareil sans solution de continuité, tel était mon raisonnement.

Frère me revint pâle comme l'os. « Il est tout blanc », dit-il. Blanc ? fis-je, que veux-tu dire ? Blanc comment ? Blanc comme neige ? Car avec papa il fallait s'attendre à tout. Frère réfléchit. « Tu sais, l'enclos de l'autre côté du potager, pas la niche de droite, mais derrière la cabane de bois. Tu vois ce que je veux dire ? » Oui, dis-je, de l'autre côté de la chapelle, à quoi veux-tu en venir ? « Si on dévale la pente douce qui est derrière, on arrive au ruisseau desséché. » Tout cela était exact. « Et tu te rappelles les pierres qui sont entassées là ? » Je me les rappelais. « Eh bien, père est blanc comme ça. Exactement ce blanc-là. » Alors c'est qu'il est plutôt bleu, fis-je, blanc bleu. « Oui voilà, blanc bleu. » Je m'informai de sa moustache, comment était sa moustache. Mon frère fixa sur moi des yeux de bête qui ne comprend pas pourquoi on lui assène des coups. « Papa portait-il une moustache ? » La moustache, dis-je, celle qu'il nous demandait de lui brosser une fois la semaine. « Père ne m'a jamais demandé de lui brosser une moustache. » Ah la la. Mon frère est d'une mauvaise foi crasse, je ne sais pas si j'ai songé à l'écrire. Il s'en fut s'asseoir à la table, hâve et les genoux flageolants, comme s'il allait tourner de l'œil pour une visite au paradis.

— Mais respire-t-il ? m'enquis-je encore.

Papa avait une façon de respirer qui ne laissait aucune place au doute. Même quand il avait une figette, qu'il ne bougeait pas plus qu'une patère, même quand il avait un regard fixe qui n'en finissait pas, il suffisait d'observer sa poitrine — qui, plate au départ, se gonflait comme notre seul jouet la grenouille, atteignait un volume qu'on aurait dit le ventre d'un cheval mort, puis se dégonflait avec de courts arrêts, par petites saccades — pour connaître que papa était encore de ce monde, malgré sa figette.

Frère secoua la tête en réponse à ma question. Alors il est mort, dis-je. Je répétai, ce qui ne m'arrive pas

souvent : Alors c'est qu'il est mort. L'étrange, en pro-
nonçant ces mots, c'est qu'il ne se passait rien. L'univers
ne se portait pas plus mal que de coutume. Endormi
d'un même vieux sommeil, tout continuait à s'user
comme si de rien n'était.

Je m'avançai vers la fenêtre. Voilà qui était une
façon tout à fait inhabituelle de commencer la journée
du mauvais pied. Celle-ci s'annonçait pluvieuse, c'est
notre pain dans ce coin de pays, quand ce n'est pas la
neige. Les champs s'étendaient sous le ciel bas, avares,
mal entretenus. Je m'entendis dire encore :

— Nous devons faire quelque chose. Je crois bien
qu'il va falloir l'enterrer.

Mon frère, les coudes sur la table, fondit en sanglots, avec un bruit foireux, comme quand on éclate de
rire la bouche pleine. Je frappai du poing la table, outré.
Frère s'interrompit subitement, comme surpris de lui-
même. Il demeura les lèvres en cul de poule, aspirant
l'air et clignant des paupières, rouge comme la fois qu'il
avait mordu dans un des piments forts à papa.

Il me rejoignit et écrasa son visage contre le car-
reau, ce qu'il avait l'habitude de faire depuis toujours,
c'est même pour ça que la fenêtre était si sale à hauteur
d'homme. Son souffle embuait la vitre, comme le peut
faire quiconque n'a pas passé l'arme du côté du cœur.
« Si nous devons l'enterrer, dit-il, aussi bien le faire tout
de suite, avant qu'il pleuve. Il ne serait pas convenable
d'inhumer papa dans la boue. » Du fond du pré, cheval s'amenait vers nous, le ventre bas, le chanfrein
dodelinant.

— Mais auparavant, il lui faut un suaire, on n'enterre pas papa comme ça !

Et je répétais dans un chuchotement plaintif, en frappant doucement de mon front le cadre de fenêtre : Un suaire, un suaire…

Puis je me dirigeai vers la porte. Mon frère me demanda où j'allais.

— Dans le hangar à bois.

Il ne comprenait pas bien. Dans le hangar à bois pour chercher un suaire ?

— Je veux voir de quoi on dispose côté planches. Toi, ajoutai-je, va écrire ce qui vient d'arriver.

Tout de suite ses geignements d'enfant gâté.

— Le secrétarien c'était toi aujourd'hui !
— Les mots ne me viendraient pas.
— Les mots, les mots ! Quels mots ?…

Écoutez, je me mépriserais à en mettre le feu aux rideaux si les mots véritablement venaient à me manquer, mais je faisais semblant, pour forcer frère à assumer tant soit peu son office de gribouillis. Mais frère est un hypocrite ou je ne m'y connais pas. Pour couper court à la discussion, j'empoignai le pot à clous. Je mis dans mon geste une fermeté butée, dents et sourcils serrés, qui ne devait pas être sans évoquer père, et cela, je crois, lui en imposa.

Je descendis les quelques marches du perron en me gardant de poser talon sur les plus pourries et pris la direction du hangar, tel que promis. La terre était humide, avec une odeur de boue et de racine qui restait dans la tête, à la façon des mauvais rêves quand j'en ai. De la vapeur sortait de ma bouche, comme ça, sans que j'y fusse pour quelque chose. La campagne était sans fin, toute grise, et la pinède qui colmatait l'horizon avait la couleur des épinards bouillis dont papa avait l'habitude de déjeuner. Le village se trouvait de l'autre côté, paraît-il, et les sept mers, et les merveilles du monde.

Je m'arrêtai à deux pas de cheval. Lui aussi immobile me regardait. Il était si vieux, si fatigué, que ses yeux ronds n'étaient même plus du même marron. Je ne sais s'il existe des chevaux ailleurs sur terre avec des yeux qui soient bleus comme ceux des preux dont les images ornent mes dictionnaires préférés, mais enfin, nous ne sommes pas ici-bas pour obtenir des réponses, semble-t-il. Je m'approchai davantage et lui mis un horion sur le chanfrein, en mémoire de père. L'animal recula puis baissa sa figure énorme. Je me rapprochai de nouveau, je lui caressai la croupe, je ne suis pas rancunier. Et puis, papa, tout ça, ce n'était quand même pas sa faute. J'ai peut-être écrit le mot animal un peu à la légère aussi.

La gomme rouille sur le plancher du hangar, c'était l'effet du bran de scie et de la pluie qui sourd du sol et qui n'en finira jamais. Je détestais mettre mes bottines là-dedans, l'impression que la terre se cramponnait à moi, me suçait vers son ventre qui est une bouche, à l'exemple des pieuvres, de la musique aussi. Il y avait une mèche, mettons quelques jours, que je n'étais pas venu ici. Une croûte de fiente recouvrait la moissonneuse, de la ferraille jonchait le sol, inextricable, la charrue ne savait même plus à quoi ressemblait le derrière d'un bœuf. Le Juste Châtiment quant à lui demeurait dans son coin, ramassé dans son petit tas. Il n'avait pas changé tellement dans les dernières années, et on le déplaçait avec des précautions, ne le sortait de sa boîte qu'en tremblant. C'est comme s'il avait atteint son degré maximal de désemparement, et ce qu'il en restait ne décrépirait pas davantage, parole d'honneur, ne bougerait plus d'ici pour l'éternité. Il m'arrivait parfois de passer de longues journées à le serrer dans mes bras avant que de le ranger. C'est quelque chose, le Juste Châtiment, un jour nous étonnerons le monde avec. Il y avait aussi là-dedans la caisse de verre, dont je reparlerai, à sa place et à son heure, on ne pourra pas y couper. J'ai dit ici, car c'est le hangar, nommé aussi le caveau, où je me suis réfugié pour fuir la catastrophe et écrire mon testament que voici. On me trouvera quand on me trouvera. À moins que je ne me sauve ailleurs.

Des planches tordues s'appuyaient contre le mur du fond, lui-même d'un bois qui n'attendait plus rien de personne. Le reste de l'enceinte était de pierre suintante. Aucune des planches ne me semblait utilisable. Ce ne serait pas moi qui confectionnerais une boîte à mort pour papa avec ça! Assis sur une dosse, je fabriquai du moins une sorte de croix qui pouvait faire l'affaire, même si les deux planches ne rimaient pas ensemble, l'une disait crotte à l'autre. Je m'arrêtai quelques instants pour méditer sur ce que nous allions inscrire sur cette croix, ou si nous étions mieux d'oublier ça. Qu'est-ce que c'est que ça, une dosse?

Malgré mon deuil récent, je me permis un sourire de connivence avec moi-même en jetant un œil sur l'image de preux chevalier qui était ma préférée et que j'avais déposée sur un des angles de la charrue pour venir l'admirer en silence en cachette les fois que mon frère me laissait tranquille et se trouvait quelque part dans le domaine en train de se tripoter. Elle me faisait penser, cette image, que j'avais déchirée dans un dictionnaire, à mon histoire préférée, et comme elle était mon image préférée, je les avais mises toutes les deux ensemble dans le secret de mon imagination. Cette histoire a bien dû se dérouler dans la vraie vie à un moment donné quelque part, allons donc. Il y avait dedans une princesse à l'intérieur d'une tour, prisonnière de ce que l'on appelle un moine fou, et il y avait le beau chevalier qui venait la sauver et l'emportait sur son cheval aux ailes de braise, si j'ai bien compris. Je la lisais sans me lasser, cette histoire, et même souvent me la repassais dans le chapeau, si ému que je ne savais plus trop si j'étais moi-même le chevalier, ou la princesse, ou l'ombre de la tour, ou simplement quelque chose qui participait au décor de leur amour, comme la pelouse au pied du donjon, ou l'odeur des églantines, ou la couverture constellée de rosée dans laquelle le chevalier enveloppait le corps transi de sa bien-aimée, c'est ainsi que ça se nomme. Il arrivait même que, en lisant d'autres dictionnaires pour ma culture, je me rendisse compte qu'en réalité au lieu de lire l'éthique de spinoza que j'avais sous les yeux, par exemple, je relisais dans le dictionnaire de ma tête cette histoire de princesse sauvée par son chevalier qui est ma favorite. J'avais été même jusqu'à tenter de la lire à mon frère le soir avant que nous nous endormissions, mais lui, pensez-vous, de ronfler bientôt comme un cochon. Tout déçoit chez mon frère tout le temps, on ne peut pas rêver avec lui.

Et je rapportai le tout avec moi, je veux dire les deux planches, ainsi qu'une bêche, vers la cuisine de notre terrestre séjour.

Frère n'avait pas bougé de sa chaise, il faisait partie prenante du décor comme on dit. Il regardait devant lui, bêtement est le mot, le cœur de pomme suspendu depuis trois semaines à un fil rattaché à la poutre du haut, et que nous nous étions amusés à manger, les mains croisées derrière le dos, c'est un sport où je brille. Frère soufflait par moments distraitement sur ce qui restait du fruit momifié, sec comme un cadavre de sauterelle, afin de le faire osciller. Il n'avait pas gribouillé ce qui s'appelle une ligne dans le grimoire. On ne peut pas le laisser seul celui-là.

— Il n'y a pas de planches convenables, dis-je, je vais devoir aller chercher un cercueil au village, mais voici toujours une croix.

Cheval m'avait suivi et nous observait par la fenêtre. Il n'en fera jamais d'autres.

— Reste-t-il des sous ? ajoutai-je.

Mes phrases, je ne sais pas ce qu'elles avaient, elles n'entraient plus dans la tête de mon frère. Le village, un cercueil, des sous, ces mots inusités lui mettaient l'entendement tout de travers. Il commençait des gestes, les avortait, venait pour se lever, se rasseyait. Il me faisait penser à notre ancien chien quand papa lui avait fait avaler les boules à mites dans sa pitance, je veux dire dans la première heure qui a suivi.

Dieu sait pourquoi l'idée me vint alors que, s'il avait pu prévoir la chose, père aurait aimé emporter sous terre avec lui des objets familiers. À commencer par frère et moi, songeai-je, mais cette perspective me parut excessive et désemparante. Bien sûr notre tour viendrait, notre tour de décéder, et le même jour encore ou peu s'en faut, extrêmement oints, si ça se dit, dociles jusque dans et par la tombe, car celle de papa, qui semblait exister depuis toujours en quelque endroit de la plaine qu'il nous restait encore à deviner, constituait une manière de commandement, un appel donné si j'ose dire depuis la matrice de la terre, comme tous ses ordres étaient donnés jusque-là depuis la chambre de l'étage, je dis la chose comme elle m'apparaît. Mais ça pouvait attendre, je veux dire notre tour, quelques jours du moins, peut-être des semaines, voire des siècles, car si nous savions de source sûre par mon père que nous étions mortels jusqu'au trognon et que tout passe ici-bas, papa ne nous avait jamais précisé combien de temps il faudrait pour que nous cessions de l'être, mortels, et passions comme cadavres de l'état d'apprenti à celui de compagnon, mon frère et moi.

J'ouvris l'armoire et vérifiai le contenu de la bourse que je renversai sur la table. Une dizaine de pièces identiques, d'un métal terne, roulèrent de-ci de-là, j'en aplatissai une avec ma paume. Roulèrent n'est pas accordé convenablement, si ça se trouve, c'est la dizaine qui roula comme un seul homme, mais tant pis, j'ai fait ma syntaxe chez le duc de saint-simon, sans compter mon père. Il m'en est resté quelque chose qui cloche. Je mêle aussi tous les temps de verbes, un vrai macaroni. Un chat n'y retrouverait pas sa queue.

— Tu crois qu'il y en a assez pour que nous puissions acheter un costume de sapin à papa?

Le costume de sapin était une blague de père qui n'en produisait pas des myriades, dont il se servait dans les histoires qu'il lui advenait de nous conter pour parler de ceux qui mouraient dans son jeune temps quand il était beau gosse. Mon frère ignorait autant que moi si nous avions assez de sous parce que père ne nous emmenait jamais avec lui au village pour acheter des provisions avec cheval. Il en revenait toujours en beau fusil. Nous n'aimions pas cela, il nous flanquait des horions.

— Il aurait dû nous apprendre la valeur de l'argent, fit mon frère.

— Ce sont des sous, rétorquai-je. Nos sous doivent valoir ceux des gens du village.

J'ai omis de le mentionner, mais je suis le plus intelligent des deux. Mes raisonnements frappent comme des coups de gourdin. Si c'était mon frère qui rédigeait ces lignes, la pauvreté de la pensée sauterait à la figure, personne ne comprendrait plus rien.

— Mais il en faut peut-être beaucoup plus. Quand papa partait, il emportait toujours une poche bourrée de sous. Il y en avait beaucoup, et je crois qu'il allait de temps à autre faire le plein quelque part.

— Où est cette poche ? demandai-je.

Mais mon frère ne cessait de répéter : « Il aurait dû nous apprendre la valeur de l'argent. » Quand il lui arrive qu'une idée le visite, elle ne lui sort pas aisément du chapeau.

Je l'obligeai à me prêter main forte et nous fouillâmes l'armoire de fond en comble. Elle ne contenait que des chiffons, des crucifix, les vêtements de prêtre de papa quand il était beau gosse, ainsi que les histoires de saints dans lesquelles nous avions appris à lire, et que papa nous obligeait à relire, à transcrire depuis notre enfance, à chaque jour ou presque. Il y avait dedans des images, des gens avec des barbes douces, qui allaient en sandales dans des déserts ensoleillés avec des vignes et des palmiers, des odeurs de jasmin et de santal, qui transpiraient presque des pages. C'est papa qui les avait écrites avec cette écriture microscopique qui est la mienne, la nôtre, aujourd'hui. Les illustrations, il les y avait collées lui-même, après les avoir humectées de sa longue langue de bœuf, je me rappelle l'avoir vu faire. Beaucoup des histoires qui nous étaient ainsi livrées ne nous étaient pourtant qu'imparfaitement intelligibles, si c'est le mot. Elles se passaient en judée au japon dans des pays impensables, là où nous présumions que père avait vécu avant que nous fussions sur cette terre, dans cette campagne. Nous fûmes d'ailleurs longtemps à croire que ces histoires étaient les siennes et qu'il voulait nous les léguer en guise de mémoire pour nous prévenir des maladies. À supposer juste cette idée, père aurait été capable de choses miraculeuses, faire jaillir de l'eau d'un rocher, changer des mendiants en arbres, confectionner des souris avec des cailloux, et quoi encore. Mais pourquoi aurait-il abandonné ces contrées enchantées pour venir s'emmurer dans l'espace vide de cette campagne stérile, ennuagée, congelée dur six mois par année, sans oliviers ni brebis? Avec pour toute distraction, pour seule compagnie la compagnie de ses deux fils maigres et rêvassons? Non, au fil des ans, cette idée finit par nous paraître peu vraisemblable. Il y avait aussi la bibliothèque, mais ça j'en parlerai plus tard, avec ses dictionnaires de chevalerie et ses poisons.

— Je me demande si père aurait toléré que nous utilisions ces sous, fit tout à coup mon frère.

— Utilisassions, le repris-je.

— Peu importe. Papa n'aurait peut-être pas aimé.

— Père est mort, dis-je.

— On devrait peut-être les enterrer avec.

Je déposai la bêche contre le poêle et m'assis à table, tournant et retournant entre mes doigts les pièces de monnaie et j'agitais la jambe. J'agite toujours le pied quand je suis en colère, ça m'évite de le mettre au derrière de qui l'on pense.

Il devait approcher midi que les choses n'avaient toujours pas bougé. La pluie tombait la tête en bas, comme des clous. Cheval était venu se réfugier sur la galerie. Le pain de pierre demeurait sur la table, et nous croisions les bras devant notre soupe, privés d'appétence, ce qui est rare chez frérot. Certes, la matinée ne s'était pas passée dans le complet silence, et nous avions discuté de la dépouille, des décès en général, de ce que nous allions devenir à présent, du suaire et du trou. Il était à peu près décidé que nous enroulerions papa dans le drap du lit, et hop! voilà pour le suaire. Le problème restait d'agir, ce pour quoi nous n'avions pas le sentiment d'avoir été conçus, c'est-à-dire de monter vers le corps, de l'emmailloter, de le redescendre, et ainsi de suite, nous n'en voyions pas le terme. En ce qui a trait à la fosse, notre opinion n'était pas arrêtée : nous l'inhumerions dans le terrain vague, très vague, mais où ? Misère et boule de gomme pour l'instant. Mon frère disait près du ravin, en bordure de la pinède. Moi, voyez-vous, je penchais pour le hangar à bois.

Je m'empresse d'ajouter que nous n'étions pas des

capricieux, moi à tout le moins, et que nous aurions mangé notre soupe et le pain de pierre, même tout appétit révolu, puisque l'heure était à la dînette. Seulement, avant chaque repas, papa faisait des mouvements et marmonnait recueilli. Sans ces rites, comme ça se dit, se nourrir nous paraissait incongru, condamnable même, allons jusque-là, car père devait bien avoir ses raisons. Tenez par exemple. Un jour ayant surpris frère en train de tremper le doigt dans la confiture de cornichon à une heure où il ne convenait pas de se sustenter, père avait saisi la batte, c'est ainsi que ça se nomme, et frappé si fort que frère fut trois jours au lit à gémir sur le sort qui l'avait fait naître ainsi tout habillé de sa future dépouille. Père le soigna consciencieusement, et des baisers, des affections, peuh. Et moi alors ?

La soupe refroidissait, c'est à se demander pourquoi mon frère l'avait réchauffée. Il est comme cheval, il n'en fera jamais d'autres. J'avais sorti notre grenouille de son bocal et nous suivions ses bons tours avec une attention morne. C'était le seul jouet dont nous disposions, ou à peu près, elle savait peu de chose. Elle était capable de marcher sur une distance de huit pouces, les jambes écartées, comme mon frère quand il se réveille en sursaut l'air égaré parce qu'il a pissé dans sa culotte, avant de s'aplatir devant nous de tout son petit long de grenouille, ce qui est plutôt triste, et ne nous faisait pas rire. Pour la réconforter, car la vie de grenouille a ses accablements aussi, n'allez pas croire, frère lui faisait gober une mouche morte qu'il extirpait d'un pot de vitre que nous remplissions à ras bords d'insectes décédés à cet effet. Elle coassait également, rendons-lui cette justice, à la façon des corbeaux. Mais rien n'épuise comme l'inaction, et il y avait le fait accompli. Bon, dis-je, il le faut. « Il le faut quoi ? », répondit mon frère. Ah la la. Avec lui il fallait toujours se décarcasser en explications, lui faire des dessins !

Nous entreprîmes donc de descendre le cadavre de père emmailloté pour le déposer sur la table de la cuisine de notre terrestre séjour. Ceci ne se fit pas sans mal, surtout quand il fallut le décrocher. La dépouille était d'une rigidité qui commençait à s'affirmer, et qui donnait à réfléchir. C'était comme de toucher à rien que de mettre ses mains là-dessus. Si on fermait les paupières, comme je l'ai fait, pour voir, on n'avait pas du tout l'impression d'avoir de la chair de mon père plein les bras, il fallait vraiment ouvrir les yeux et le voir pour le croire que c'était bien lui. Difficulté aussi à joindre ses chevilles gonflées pour passer le tout dans le cadre de porte, il y avait comme un ressort qui les repoussait chaque fois l'une de l'autre. Nous disposions voilà trente-six lunes au moins d'une espèce de carotte, en métal ou en pierre, je n'ai jamais pu arrêter mon jugement là-dessus, et qui attirait les clous par vertu magique, et une fois mon frère l'avait cassée, cette carotte, et si nous rapprochions les deux bouts à l'endroit même de la fracture, les deux bouts se jetaient l'un sur l'autre par vertu magique, mais si en maintenant par exemple le bout de gauche dans sa position initiale, l'on opérait sur le bout de droite un tête-à-queue complet et qu'on essayait ensuite de les rapprocher, les deux bouts alors de se repousser, par vertu magique, je ne sais pas si on voit ce que je veux dire. En tout cas, les jambes de père se repoussaient l'une l'autre de la même façon, comme les deux bouts de cet aimant, c'est comme ça que ça se nomme. « Tourne-le dans l'autre sens », m'a dit mon frère, en parlant de mon père, mais je protestai. Ses attributions vont pendre, arguai-je.

Dans l'escalier ce fut la misère sur le pauvre monde. Je veux dire, le pied manquant à frère, papa nous échappa des mains par-dessus la rampe, et le voilà parti comme un piano. Tout nous arrive, toujours, c'est immanquable. Papa s'écrasa sur le plancher de la cuisine, à la verticale, les pieds en l'air dressés comme des oreilles de lapin. Quelque chose avait dû se briser dans son cou car il tenait debout sur l'occiput, ce qui n'avait jamais été un de ses exercices, que je sache. Il avait le menton écrasé contre sa poitrine, l'air qu'on a quand on va chercher un rot dans les abysses. J'envoyai une grande taloche que n'aurait pas reniée mon père dans le visage de mon frère qui se relevait l'air pas fier tant bien que mal au beau milieu de l'escalier. Je l'entraînai par l'oreille :

— Et alors, il en a une moustache ou pas ? fis-je en lui mettant pour ainsi dire le nez dedans.

Je ne suis pas un violent mais j'ai mes saintes colères moi aussi, et mes points sur les *i*, n'allez pas croire. Et monsieur de se mettre à pleurer, peuh.

Nous basculâmes papa sur la table après avoir écarté du coude les bols de soupe. Ces derniers s'empressèrent de tomber par le plancher. Frère se torchait les yeux dans sa manche. Dans sa chute le suaire s'était entrouvert et comme père était en costume d'ève c'était comme si nous étions à tu et à toi avec ses couilles. Elles étaient toutes molles et joufflues, beaucoup plus grosses que celles de mon frère ou que les miennes à l'époque où j'en avais encore, et accrochées là comme une face de bébé barbu à ce corps blanc raide. La saucisse était abattue sur le côté, gueule béante, avec un air de fusillé. Je demandai à frère s'il croyait vraiment que nous venions de là, à l'instar des veaux et des gorets. Frère mit le doigt dans l'orifice sensible pour vérifier si ça s'élargissait assez pour livrer passage à deux poussins comme nous. Et la saucisse de grossir, de s'élever, par vertu magique, de devenir aussi dure que les cuisses entre lesquelles elle battait pavillon, je dis la chose telle qu'elle m'est apparue.

Frère avait porté la main à sa poitrine pour empêcher le cœur de bondir au travers. Une fois recouvrée la voix, qui nous quitte parfois, c'est la vie, il dit : « Non. Je pense plutôt qu'il nous a façonnés avec de la boue quand il est arrivé ici et que nous sommes ses deux derniers prodiges. »

Je recouvris ses attributions avec le drap, car j'ai ma pudeur, et mon frère de s'affoler :

— Où vas-tu encore ?

J'avais déjà la main sur la poignée de porte. Au village, dis-je. Frère se mit à chercher autour de lui. Quand il réfléchit, frère regarde autour de lui d'un air panique, comme si son bourrichon ne lui suffisait pas et qu'il lui fallait trouver les idées au milieu des choses, je ne garantis pas l'efficacité de cette méthode.

— Et sœurette? fit-il soudain. Qu'est-ce que tu en fais?

Je le considérai sans répondre. «Et sœurette, hein?» répéta-t-il, pas peu fier de sa trouvaille mesquine.

Il était bien temps, soupirai-je, de remettre cette question sur le corps à peine refroidi de papa qui n'était plus là pour se défendre. Aiguillonnés par des allusions, en fait des bribes de phrases glanées dans les paroles de père, l'hiver dernier nous avions examiné sous toutes ses coutures la possibilité que nous eussions une sœur, une petite, elle aurait vécu là-bas, quelque part dans la montagne, que sais-je encore. Mais une petite sœur! Nous!... Pourtant, à force d'y réfléchir, une manière de souvenir, très confus, nous revenait de notre enfance, il est vrai. Une fillette s'était retrouvée parmi nous, qu'on se figure notre étonnement, à moins qu'elle n'y ait été depuis toujours, qui sait? puis était repartie comme météore. Frère allait jusqu'à dire qu'elle me ressemblait comme une goutte d'eau. Mais étaient-ce vraiment là des retours de mémoire? Ne s'agissait-il pas d'une illusion rétrospective due à nos supputations plutôt? Ces soi-disant souvenirs d'une petite sœur attaquaient mon frère surtout. Moi cela ne m'empêcha jamais de dormir ou très peu. Je ne me laisse pas assaillir facilement par les choses que je n'aime pas. Je leur tourne le dos, je hausse une épaule, je leur jette du sang.

— Nous avons rêvé, dis-je la main toujours sur la poignée.

À franchement parler, je pensais que mon frère essayait tout bonnement de me retenir à la maison. Aussi finassai-je.

— À moins que tu ne préfères te rendre toi-même au village ?

Et pan. Le coup était bas, direct dans les gencives, mais à la guerre comme à la guerre. Rester avec les restes de papa n'était pas pour lui sourire, je le savais, mais il aurait été se cacher au grenier si je lui avais ordonné de se rendre par lui-même au village, je ne l'ignorais pas non plus : de nous deux sans doute est-il le plus farouche. D'un autre côté, on ne pouvait pas laisser à elle-même la dépouille et s'en aller main dans la main mon frère et moi en sifflotant de l'autre côté de la pinède. Ensuite, il fallait bien mettre papa dans un cercueil convenable et pour ce faire qu'un de nous deux se sacrifie et se précipite au village y monnayer une boîte à trou.

— J'y vais de ce pas, dis-je donc, intrigué tout de même que père ait cru bon d'instituer entre ses deux fils une telle inégalité dans les capacités de raisonnement.

Avant de transcrire fidèlement les choses extraordinaires qui me sont arrivées au village, il me faut parler de nos semblables, à mon frère et à moi, qui étaient environ au nombre de quatre. J'exclus de la liste de nos semblables les gens qui n'avaient pour nous de chair que celle du papier sur lequel étaient tracés les mots les suscitant, les chevaliers par exemple, ou les moines fous, car ils seraient trop nombreux, je ne veux considérer comme nos semblables que ceux qui étaient dotés de corps comme nous, bien que corps dissemblables à bien des points de vue, dissemblables les uns des autres, autant que dissemblables de nos corps, à mon frère et à moi, encore qu'en y réfléchissant bien, ils étaient sans doute moins dissemblables les uns des autres qu'ils ne l'étaient de nos futures dépouilles, comme une pomme verte et une pomme rouge sont moins dissemblables l'une de l'autre qu'elles ne le sont d'un concombre, et qui étaient, je le rappelle, environ au nombre de quatre, toutes catégories confondues. Quant aux gens du village, il me restait à vérifier si l'on pouvait les ranger parmi nos semblables. J'exclurai l'hypothétique sœurette aussi, car il y a toujours bien des limites. Au lieu de semblable, on peut dire prochain si ça nous chante, c'est permis, la nuance est infime.

Les voici pêle-mêle. À chaque commencement de saison, un individu rendait visite à feu mon père, encore que le verbe rendre soit présomptueux car nous ignorions s'ils se rencontraient ailleurs ou autrement. Frère et moi nous attendions ce semblable sans nous en soucier, sans dépense inutile d'énergie, car attendre peut être éprouvant pour les nerfs, mais nous savions qu'il finirait par venir, comme on sait que finira bien par tomber la première neige, sans s'en ronger les sangs. Un matin nous voyions partir papa vers le champ. Il s'arrêtait au beau milieu, les bras croisés, pluie battante ou pas, il aurait pu tomber de la crotte, et nous savions que la visite allait nous fondre dessus, et nous nous terrions. À peine passé la pinède, l'individu sortait du chemin et se dirigeait droit sur mon père comme un taon vers la seule fleur du jardin. Mon père l'écoutait sans décroiser les bras. Ensuite, tantôt il repartait, tantôt père l'entraînait vers la maison et alors là, ce que nous déguerpissions. Ils montaient dans la chambre de l'étage d'où papa nous commandait tout la veille encore, et s'il nous est arrivé de grimper sur le larmier pour les épier par la fenêtre, mon frère et moi, ce fut pour les voir annoter et signer des feuilles dans de grands registres que papa enfermait ensuite dans une malle avant que de raccompagner l'individu jusqu'au milieu du champ à l'endroit précis et de recroiser les bras en l'observant disparaître par le chemin d'où il nous était venu, car papa brassait de grosses affaires. L'individu nous apercevait tout de même de temps à autre, par la fenêtre de l'étage quand nous n'étions pas assez alertes pour nous dérober à sa vue, ou parfois dans la cuisine quand on s'en crissait les pneus après tout d'être aperçus, et qu'il redescendait l'escalier, il nous regardait alors comme quelque chose de peu compréhensible qui lui causait du malaise.

Un homme venait aussi de manière beaucoup moins régulière, encore que plus souvent, accompagné d'un jeune garçon qui ne semblait ni grandir ni vieillir de fois en fois, et dont nous devinions qu'il était son fils à la manière dont il le rudoyait. Ils arrivaient en charrette, et ceux-là papa allait à leur encontre au bord du chemin, il n'était pas question qu'ils souillent nos champs de leurs sales sabots, on ne se gênait pas pour le leur dire. L'unique raison de leur présence paraissait de mettre père en fureur, c'est ce qui se produisait à tout coup. Nous n'aimions pas cela parce qu'ensuite père nous flanquait des horions. Néanmoins, c'était ces gens-là qui fournissaient papa en piments forts. Père en rapportait une hotte à ras bord à la maison, en maugréant. Cette poche lui suffisait à peine une semaine, sur ma conscience. Des piments forts dans un rayon de cent mètres et mon père ne vivait plus avant d'en avoir vu le fond, il en roulait repu sous la table, un volcan entre les lèvres, c'était un spectacle. C'était aussi cet homme et son fils qui amenaient le bouc chaque année. Il arrivait que le bonhomme en question arrive dans sa charrette sans son présumé fils, c'est pour ça que j'ai écrit environ quatre, car les fois où il ne l'accompagnait pas nous faisaient douter des fois où il nous avait semblé l'accompagner, ce garçon n'était peut-être qu'un rêve, cinq semblables en comptant lui donc.

Le plus fréquentable, sinon le plus fréquent, s'appelait le quêteux. À se fier aux égards que lui témoignait mon père, ce devait être un personnage important, avec des entrées du côté des putes et des saintes vierges dont j'aurai certainement à reparler, et des miracles au fond de ses manches, il était muet en outre, il s'exprimait par des bruits de gorge, comme les chiens. Il n'avait aussi qu'une jambe, piquée au beau milieu, on aurait dit le manche d'une marotte, et allait son chemin sur cette terre en sautillant comme une pie, propulsé par sa canne. Père lui donnait à boire et un sandwich à la nourriture qu'il lui avait confectionné, puis nous obligeait à nous asseoir à la même table, à même la table, sans toucher à rien, rien qu'à le regarder manger, et parfois nous avions faim aussi, surtout frère, qui est gourmand. Père nous commentait le personnage de sa voix la plus solennelle. Souvent il le faisait se lever, enlever son manteau, sa chemise, sous laquelle notre prochain était velu comme un mouton qu'on n'a pas tondu depuis trois hivers, ensuite il lui retroussait les lèvres avec son pouce pour dévoiler ses gencives, ce qui faisait glousser le quêteux la bouche pleine. Ou bien il lui demandait civilement de s'étendre sur le dos et tour à tour frère et moi nous devions nous pencher sur son visage, lui retenir les paupières avec nos doigts et l'examiner sous le rapport de ses prunelles, pupilles, iris et consorts, pour voir ce que c'était jusque dans ses abysses qu'un œil de quêteux, où papa, semble-t-il, voyait des constellations. Il le faisait enfin pivoter devant nous sur son seul talon, avec force remarques destinées à nous apprendre sous toutes les coutures de quoi il en retournait, etc. Enfin, ce qui eût été inconcevable avec tout autre de nos semblables, père lui ouvrait lui-même la porte et le laissait repartir en insérant dans sa main une obole, le croira qui voudra. Après il nous faisait réciter la leçon en nous menaçant d'horions. Nous n'aimions pas cela. Et quand l'heure était à la dînette, nous restions le ventre creux, ces jours-là, par un décret exprès de papa, pour réfléchir à la mendicité, en contemplant le bout de nos souliers, ce dont frérot souffrait davantage, car moi j'avais mes expédients, comme on verra, côté sustentation.

Mon prochain semblable étonnera, on se demandera où je vais chercher tout ça ou quoi. Nous ne le vîmes qu'une fois, et le destin voulut que ce fût justement un de ces jours où papa se rendait avec cheval au village. Lui, je ne puis douter de son existence, parce qu'il m'a adressé la parole, m'a touché, vrai comme je suis ici. J'étais sur la galerie arrière dans mon petit coin que j'aime, environné de planches, et j'écrivais avec mes dictionnaires en friche répandus tout autour parmi les chaudrons, je n'avais donc pu prévoir le coup. Mon frère avait été se réfugier dans le grenier, trop lâche pour me prévenir, comme il fallait s'y attendre, c'était un homme tout vêtu de noir. Il portait une mallette à la main, sa présence soudaine me fit sursauter, et il m'a dit cette chose sidérante : « Est-ce ici la maison de monsieur soissons ? »

Je n'en avais jamais vu un comme ça, sur mon cœur, même dans ma tête quand je lisais, même sur les illustrations. Il était plus vieux que nous mais assurément beaucoup moins âgé que père, j'en veux pour preuve le souvenir que j'en ai gardé. Il n'y avait rien de déchiré dans ses vêtements, pas une mèche de travers dans ses cheveux courts, pas de confiture de cornichons séchée autour de la bouche, pas de moustache, rien. Il me semblait ruisseler de clarté comme père quand il sortait du lac l'été ruisselait d'eau. Il répéta : « Est-ce ici la maison de monsieur soissons, le propriétaire de la mine ? »

Je n'étais pas pour faire comme si j'avais entendu, vous pensez bien. Je faisais comme si je continuais d'écrire. Mais je sentais trembler mes lèvres qu'on aurait dit des abeilles qui vibraient à l'intérieur. Il se rapprocha, sa main secoua mon genou :

— Eh ! c'est à vous que je parle…

Ce qui fut trop pour moi. Je rentrai la tête dans les épaules, repliai mes cuisses contre ma poitrine, basculai sur le côté, comme un hibou victime d'une embolie. Je regardais par terre entre les chaussures de mon prochain, sans rien voir de précis, et mes yeux faisaient taches d'huile. Je veux dire que j'avais l'impression que, sans sortir de leurs orbites, ils grandissaient, grandissaient, comme les ronds qu'on fait dans l'étang quand on y jette une pierre. Et mes feuilles qui avaient glissé dans la boue, ah la la… Mon prochain s'avisa fort heureusement de ne pas insister sur mes restes et s'écarta, car j'allais mourir de ma belle mort si ça continuait, ça se voyait à l'œil nu.

Parlant d'œil, je l'observai du coin du mien sans bouger, en respirant tout bas, à l'exemple de mon amie la mante religieuse, au creux de mes poignets repliés. Le prochain en question faisait le tour de notre maison et constatait l'abandon des lieux avec des grimaces de perplexité et des étonnements dans le regard, comme si la vue des toitures, des dépendances, de l'écurie, des tours lui glaçait le sang dans la bite. Il s'appuya au rebord de la fenêtre pour jeter un œil, encore un, à la cuisine de planches, et ensuite, contemplant son gant, il l'essuya dans son mouchoir dégoûté. Il revint vers moi, ce supplice ne cesserait donc jamais. Il m'a dit une dernière parole mais c'était si désemparé et confus dans mon chapeau que je n'ai rien entendu, il est reparti. Est-ce dieu possible? J'éprouvai un grand relâchement dans toute la dignité de ma personne, je renversai le cou en exhalant un soupir. Il manquait des planches au mur pour que le mur se rende jusqu'au toit, et c'est par là que frérot avait passé le buste et je vis sa figure à l'envers qui ricanait de belle humeur depuis la sécurité du grenier. Les jours suivants, j'arrivais à peine à dormir, dès que je m'étendais, ou que je cessais de rédiger, mon cœur se mettait à battre la campagne, et quand mon frère me surprenait en pleine figette, il me pointait du doigt et me raillait avec une jubilation qui l'obligeait à se tripoter l'entrejambe comme quand on a une envie de nature : « Yo-ho, monsieur rêve au prince charmant ! Yo-ho, monsieur est amoureux ! »

Et cela m'acculait à de telles colères qu'il me montait aux yeux des larmes rouges, parce que qu'est-ce que ça veut dire ça, être amoureux ? Je lui aurais jeté du sang. Voilà pour nos semblables dont j'aurai à reparler prochainement, on verra bien pourquoi.

L'été le matin quand il avait une envie de se mesurer au lac, papa en vérifiait auparavant la température du bout de l'orteil, comme font les ours, avant d'y plonger, et j'eus à peu près le même geste en tâtant de l'extrémité de ma bottine l'ornière du chemin avant de m'y engager pour la première fois de ma vie, mais le sol ne céda pas, la terre paraissait pouvoir là aussi me soutenir, et je partis sans me retourner, dieu préserve mon frère. Cheval suivait. Il n'était pas question que je l'enfourche en raison des sensations que j'en éprouverais et que père désapprouverait s'il était encore de ce côté-ci du monde, j'en suis sûr. Du reste, avec les années, cheval portait de plus en plus bas et l'eussé-je monté que son ventre se fût écorché aux aspérités de la route et je n'aime pas voir souffrir les bêtes pour rien.

Cela me rappelle ce qu'avait fait mon frère une fois, pauvres oiseaux. On peut penser ce qu'on veut des perdrix, mais il faut aussi chercher à les comprendre. Frère en avait capturé quatre ou cinq, j'ignore comment il s'y était pris ou quoi. Toujours est-il qu'il les avait enduites d'essence de térébinthe, si ma mémoire est juste pour ce genre de mots, et les ayant caressées au préalable avec la flamme d'une allumette, il les lâchait une à une dans la nature, mon frère on dirait qu'il ne pense qu'à ça, mal faire. Les perdrix, que voulez-vous, elles s'affolaient, c'est humain. Elles sont parties s'assommer au plus sacrant dans les carreaux de la chapelle, à la queue leu leu, pour achever le supplice et les énervements de se voir en tel appareil de feu, et j'aurais fait de même, garanti. Papa, quand il a eu connaissance de cette lâcheté de mes deux, on peut s'imaginer ce qu'il lui servit comme raclée maison, à mon frère, parce qu'il se trouve que père avait une sainte panique des incendies, je ne sais pas si ça m'est passé par le chapeau de l'écrire. Mais les horions ce jour-là, ah la la, pauvre frérot. Étendu dans la robe des champs comme décédé. Tout cela maintenant, de l'histoire ancienne, comme du reste n'importe quoi sur cette planète satanée.

Je pénétrai dans la pinède. Je ne ressentis pas la peur à laquelle j'aurais été en droit de m'attendre, c'était plus bizarre que ça, je me sentais comme porté vers l'avant par le souffle de cheval, c'est étrange n'est-ce pas, et en même temps à tout instant j'appréhendais quelque phénomène hors norme, comme le ciel qui s'entrouvre et plante à mes pieds un jet de foudre m'interdisant d'aller plus loin, ou de rencontrer à chaque détour du chemin tout à coup un précipice bouillonnant d'immenses fumées pourpres, mais rien de tout cela ne se produisait, et je continuais d'avancer en me disant ça parle au diable. J'étais frappé aussi par la confusion des odeurs. Il en montait subitement dieu sait d'où, et je sursautais, car je sursaute moi quand un parfum inattendu me pince la narine, comme il m'arrivait alors que je m'étais assoupi entre mes dictionnaires de bondir soudain sur mes jambes parce que frère me mettait sous le nez ses deux doigts qu'il venait d'enduire du suintement de sa saucisse et il partait en courant et riant et moi je lui courais après en lui jetant du sang et le traitant de faux frère, va. Mais c'étaient en bordure de la pinède parmi les églantiers des odeurs agréables comme si une fée s'amusait à me surprendre en sortant tout à coup des parfums de son sac à merveilles comme on sème des pétales devant les pas d'un prince. Cela me paraissait de bon augure.

Et en même temps désemparant, car rien n'est sans mélange sous la croûte céleste. Je n'avais jamais quitté notre domaine depuis que j'avais l'âge de me souvenir de ce qui m'arrivait, et une telle sobriété eût dû me valoir davantage d'étonnements, me semblait-il, mais à part les parfums dont j'ai parlé, il n'y avait aucune solution de continuité, je marchais dans le même espace qui me rejoignait à chaque pas, et pour la première fois je comprenais ce que je n'avais jusqu'ici que pressenti grâce à mes dictionnaires, à savoir que la terre est ronde comme un oignon. Au bout du chemin j'aurais aperçu notre maison que je venais de laisser derrière que, sur ma conscience, je n'eusse à peu près pas été surpris. J'avais apporté avec moi la bêche au cas où j'aurais eu à me défendre contre des serpents ou des lions, mais pensez-vous, et le raclement qu'elle faisait en traînant sur la route à mes côtés était le même que si elle eût glissé sur les cailloux qui se trouvaient à trois pas de notre perron, c'est bien la peine de partir en voyage, me disais-je.

Mais bon. J'avais eu l'idée digne d'estime de nous munir d'une corde, que j'avais enroulée telle une sangle autour de cheval, et en raison de la pesanteur de son ventre dont j'ai parlé, cela faisait deux petits renflements concaves de chair usée et le bout de la corde lui pendait au sol comme une bite. Le cercueil acheté il suffirait de l'attacher à cette corde et de laisser cheval le charrier derrière lui comme une traîne en me laissant tout le loisir de folâtrer à ma guise parmi les épinards, hé-hé! pas bête le secrétarien. Et le village apparut tout à coup à ma gauche, derrière un voile d'arbres, et je fus si saisi que je m'immobilisai et que cheval la tête ailleurs me colla son chanfrein chaud entre les omoplates, car il marche le front bas à l'instar des bêtes qui ont tout vu sur cette planète et en sont bien revenues.

Saisi parce que rien n'était conforme à ce que j'avais imaginé du village et qui était que c'était une chose inimaginable, je me serais attendu à quelque palais à pont-levis avec des tapis volants circulant au-dessus comme des mouches à feu du japon, à des sandales et à des brebis, à des armures étincelantes comme celle de la pucelle, à tout le moins, mais ce n'était que des maisons analogues à la nôtre, sauf qu'en plus joli, en moins vieux et en plus petit, comme si c'était des bébés de maison, si je sais bien ce que c'est qu'un bébé. Je repérai tout de suite l'église, vous pensez bien, on n'apprend pas à un vieux singe à faire de la théologie.

J'abandonnai contre un arbre ma bêche en me disant que je la retrouverais à mon retour, car les bêtes féroces ne me semblaient pas pulluler au village.

Et la première chose extraordinaire qui m'arriva, sur mon cœur, ce furent les cloches, car elles sonnaient, et je n'avais jamais fait le lien. Je m'explique. J'ai dit qu'on n'apprend pas à un vieux singe, etc., parce que les églises tout ça, allez allez, j'en connaissais un rayon, depuis que j'étais en âge de me souvenir des coups, père nous avait enseigné tout ce qui était dans une église en dedans comme en dehors, avec des images de dictionnaire, la nef, le jubé, la croisée du transept, le clocher, et tutti quanti. Papa nous forçait à apprendre ça, et n'avait pas le cœur à rire, je n'en veux pour preuve que les horions, croyez-vous que nous aimions cela ? À la question : Que font les cloches ? je répondais invariablement doooong… doooong… car j'étais incollable et que c'était la bonne réponse, mais je n'avais jamais fait le lien avec les résonnements qui nous parvenaient de temps à autre quand le vent soufflait dans la direction de la maison depuis la pinède, j'avais toujours cru que ce bruit-là nous venait des nuages, quelque chose comme la musique qu'ils font en se mêlant les uns aux autres, ou en se percutant doucement comme des ventres rebondis, que sais-je encore, mais là je me rendais compte que c'était en fait le doooong… doooong… si fameux des cloches de l'église depuis toujours, et comment aurais-je pu faire pour le deviner ? Il n'y a pas de cloches dans le clocher de la chapelle du domaine, je ne suis pas prophète. Je fus à ce point ému de la découverte que, sans demander mon reste, je m'assis là comme un seul homme sur le parvis, je trouvais que c'était un son si triste, et j'ai sangloté un petit peu, par tristesse du son, parce qu'il nous venait lui aussi de la terre et que les nuages ne nous disent rien, à part tonner. Mais je ne suis pas venu ici pour m'amuser, me dis-je.

Et la deuxième chose extraordinaire, je n'avais pas mis les pieds depuis trois minutes au village que je vis apparaître un semblable dont je devinai à je ne sais quoi qu'il s'agissait d'une sainte vierge ou d'une pute. Elle était vêtue de noir, ce qui semble commun à nombre de mes semblables, si j'en juge, et marchait voûtée que c'en était une pitié, elle devait avoir passé encore plus de temps que père sur terre, car entre l'état de sa figure et une pomme de terre passée, la comparaison s'imposait avec force à l'esprit, les choses sont comme elles sont. Elle me regardait mettons avec étonnement, de la façon dont on regarde quelque chose qu'on ne trouve pas agréable à regarder, me sembla-t-il, et elle repliait ses bras pour retenir son sac contre ses enflures, ce qui ne me paraissait pas indispensable car je n'en avais aucune envie moi de ce sac, qu'elle se trouvait de toute façon de l'autre côté de la rue et qu'il y avait cheval entre nous, alors bon.

— Papa est mort!

Lui criai-je. Mais comprenait-elle seulement les bruits que je produisais avec ma bouche? Je ne pouvais décider de son sexe, rien qu'à la voir, si c'était une sainte vierge ou une pute, ou et cætera, en raison de mon manque d'expérience et du reste, et de tout ce qui ne s'explique pas par les dictionnaires, parce que n'allez pas croire, je connais mes limites. Et on ne peut pas se fier aux enflures à ce sujet, j'en suis la preuve ambulante. Je voulus tout de même lui témoigner tant bien que mal mes intentions irréprochables, je n'aime pas voir souffrir pour rien. Je lui criai encore : « Dieu t'assiste vieille pute ! » Parce que j'avais une chance sur deux.

Mais enfin je n'étais pas non plus là pour bénir mes semblables et, mes larmes taries, je m'engageai plus avant sur le chemin du village. Je ne sais d'où me venait cette audace, je crois que j'étais soutenu par le sentiment de mon devoir envers père. Quelles raisons aurais-je eues auparavant de m'adresser à des prochains puisqu'il y avait feu mon papa, mais maintenant qu'il n'était plus là pour se défendre il fallait bien que quelqu'un s'en charge, en outre pour lui trouver un costume de sapin, et cela me mettait le vent en poupe toutes voiles dehors. Je remarquais en outre que, ayant désobéi à papa sur le chapitre des interdictions touchant ma sortie hors de l'enceinte du domaine, une fois cette limite franchie, on passait à travers les autres aussi aisément qu'en été dans le petit bois je passais au travers des toiles d'araignée serties de gouttelettes d'argent qui me restaient comme des étoiles du matin dans les cheveux, et puis voilà.

Magasin général, c'était écrit en toutes lettres. Excusez-moi pardon mais le secrétarien sait lire. C'était une maison avec des grandes vitres où on voyait toutes sortes de marchandises. Je laissai cheval au milieu du chemin, j'y entrai avec mes sous. Il s'y trouvait beaucoup de choses que l'on trouve à la maison, mais en très grande quantité, des victuailles par exemple dans des boîtes en carton, et une chose qu'on ne trouvait pas du tout à la maison et qui était un bambin, c'est comme ça que ça se nomme, il m'arrivait peut-être au genou. Je lui demandai si je pouvais échanger mes sous contre une boîte à mort, mais j'eusse aussi bien fait d'interroger le tas de cailloux blancs couleur de cadavre de père au fond du ruisseau desséché. Je posai ma main sur le crâne du bambin, où c'était blond et doux et me faisait de l'effet, je vous jure. C'est que plus d'une fois sur les illustrations nous en avions vu, mon frère et moi, en train de s'élever dans les airs à l'instar des ballons à cause des petites ailes qu'ils ont dans le dos et qu'ils conservent un certain nombre d'années en souvenir des limbes tant que la mue n'est pas achevée, et minute papillon ! pas question que tu me fasses le coup de l'ascension avant que j'en aie terminé avec toi. Je lui mis donc la main sur la tête, comme je disais, mais peut-être ne saisissait-il rien aux sons qui me jaillissaient de la langue comme d'un tremplin d'une souplesse extraordinaire, qui sait ? Les mots se forment dans l'enceinte de mes joues et ma langue les balaie au-dehors avec une célérité dont on n'a pas idée, et tout cela surpassait peut-être la tête d'un bambin qui, tout ailé fût-il, m'arrivait à peine à la cuisse. Je m'appliquai donc à mimer une dépouille pour me faire comprendre, j'étais là à clore les yeux, tout raide, je montrais de l'index le

49

dessus de ma lèvre à cause de la moustache à papa, etc.,
et puis je désignais des boîtes du bout du nez en espé-
rant qu'il fasse le lien, mais pensez-vous. Là-dessus
voilà une pute qui s'amène.

Et qui s'amène depuis l'arrière-boutique, c'est
ainsi que ça s'appelle. Elle était vêtue d'une robe noire,
comme il fallait s'y attendre, elle avait sur la tête un petit
chapeau qui me parut l'objet du monde le plus insolite
en ce pays, avec un voile gris qui se rabattait sur ses yeux
comme s'il y avait des choses qu'elle ne voulait pas voir,
ou n'acceptait de voir qu'amorties, comme quand on
met sa main devant une lumière trop rêche, elle était en
train d'enfiler un gant en s'amenant. Elle me dit qu'elle
était fermée à cause de la raison exceptionnelle de l'enterrement et j'ai répondu eh bien justement, en pensant : Les nouvelles vont vite. Ne pas voir ses yeux
m'empêchait de vérifier si côté intelligence elle était de
mon calibre ou bien si ça n'allait pas plus haut que la
casquette à frérot, et cela m'agaçait, car à part le regard,
qu'est-ce qui distingue quelqu'un de sa dépouille
future, je vous le demande ? Et j'étais là à m'évertuer.
Mais essayez d'expliquer à une pute qu'avant d'enterrer il faut toujours bien une boîte à trou ! Elle répétait
je suis fermée, je suis fermée, vous ne comprenez donc
pas. Être fermée n'est pas une raison pour ne pas
accomplir son devoir, lui dis-je, et excédé dans mon
bon droit, sur le point d'exploser ici et là n'importe
comment comme un obus, je me contins néanmoins
et lâchai :

— C'est très simple. Vous et votre bambin vous

me donnez le cercueil, je vous donne mes sous, on met la dépouille dedans, et ensuite on creuse le trou qui va avec, en bordure de la pinède.

Et vlan. Ses sanglots soudains me laissèrent en un sens interdit. Je ne voyais pas comment la mort de père pouvait l'acculer à un chagrin pareil, car enfin papa passait à peu près la totalité de son temps avec nous sur terre, rien ne justifiait que cette pute ait pu s'attacher à lui au point de pleurer à l'annonce de son cadavre, avais-je pleuré moi ? et pourtant j'étais son fils, vrai comme je suis. Elle disparut dans l'arrière un mouchoir sur le nez en entraînant le bambin qui me regardait le doigt dans la bouche, et je l'entendis qui disait : « Occupez-vous-en, occupez-vous-en, moi je ne peux plus. » Ah la la. Je vis arriver deux hommes, tel est le destin. J'eus un soupir à l'intérieur à l'idée qu'il ne sert à rien jamais dans l'existence d'essayer de s'expliquer, je vous laisse deviner la couleur de leurs habits. Comme tout le monde incidemment était vêtu d'étrange façon ! Je ne peux pas m'empêcher de glisser un mot là-dessus. On aurait dit qu'ils ne vivaient pas dans leurs vêtements, toi ! Je ne sais pas s'ils en mettaient de neufs tous les jours, ou quoi, ils ne devaient pas non plus avoir l'habitude de voir des orphelins de père, ils m'ont regardé comme si j'avais une trompe au milieu du front. L'un des deux s'est approché de moi. Il m'a pris avec douceur par les épaules, même que cette douceur m'a fait quelque chose, pour me diriger vers la sortie par où j'étais entré et il me dit très exactement ces mots :

— Essayez de comprendre, elle enterre son mari.

Il me nomma la maison d'un entrepreneur en disparition qui était à l'autre extrémité de la rue où je pourrais trouver un cercueil si c'était cela que je cherchais, mais il me dit aussi que c'était fermé aujourd'hui en raison de l'enterrement, dito pour l'hôtel de ville où, paraît-il, il fallait que j'enregistre mon disparu. Il m'a aussi discrètement remis une carte que je colle ici même en l'humectant de ma longue langue de bœuf :

> Maître Rosario DUBÉ
> *avocat, juge de paix et notaire*
> 12, rue Principale, Saint-Aldor

Je retrouvai cheval au milieu du chemin et je vis dans ses yeux qu'il me demandait si mes démarches avaient abouti et je dus lui avouer que non. Je l'accrochai par la babine et tristement l'entraînai. Nous marchions désœuvrés et faisant pitié parce que qu'est-ce que j'aurais l'air si je revenais à mon frère sans cercueil après pareille déconfiture ? Je m'assis sur un perron où il y avait à deux pas une crotte de chien, reconnaissable à la noblesse de sa forme, et je m'assis là à cause d'elle, étant donné que s'y étaient rassemblées des mouches. Pour la grenouille qui est notre seul jouet, ou à peu près, il faut faire le plein de temps à autre, afin de la nourrir de la façon que j'ai dite, et pour attraper les mouches dans son poing, il n'y en a pas deux comme bibi, je peux même en capturer une dans chaque main au même instant, jamais mon frère ne s'est approché de ça. Mais là je n'avais pas le moral ni le pot où nous entassions les insectes morts à cet effet, et je me contentais d'écraser les mouches à l'intérieur de mon poing et les laissais retomber mortes sur le sol en me disant de toute façon à quoi bon.

Les cloches avaient cessé de sonner entretemps, je ne sais pas si j'ai oublié de le dire, je suis obligé à cause de ma cachette d'écrire trop vite pour me relire, mais à peine avais-je tué neuf mouches, que les cloches ont entrepris de sonner de nouveau, mais cette fois il n'en sonnait plus qu'une seule, lancinante et profonde, comme les battements du cœur d'un enfant qui va mourir, s'il en est qui meurent.

Et ça s'est mis à sortir des maisons en tout sens. Des semblables en voulez-vous en voilà! Il en sourdait de partout à chaque détour de dieu sait où, j'en comptai une main, et puis les deux mains, et puis deux mains encore, il y en avait au moins quarante-douze, tous plus semblables les uns que les autres, je me disais ça parle au diable je n'ai pas peur, et l'ensemble de se diriger vers l'église dont je revenais. Cheval et moi nous formions toute une paire de pistolets ou je ne m'y connais pas, à en juger par leurs regards que je ne souhaite à personne.

Je me suis levé car on se serait levé à moins. Il s'est formé un attroupement près du magasin général, comme les brebis sur les images qui n'aiment rien tant que le trou du voisin d'en avant, en raison du parfum rassurant, et qui se déplacent comme une seule bête à cinquante-treize pattes, dite myriapode. La coutume du pays veut sans doute qu'on cherche à ressembler au mort du jour car mes semblables affichaient tous une tête d'enterrement. L'ai-je mentionné? nous sommes au début de l'automne, il y avait les premières feuilles mortes encore vertes qui jonchaient partout et je me disais qu'elles aussi étaient de circonstance. Quand la rouge saison n'en est encore qu'à ses commencements le désavantage c'est que les mouches, elles sont forcément moins, mais comme aussi leur vol est plus mou, on les attrape plus aisément, en quoi en si peu de temps j'avais pu en abattre deux mains moins un doigt. Quoi qu'il en soit je n'essayai pas de me mêler au troupeau. C'était déjà bien assez qu'ils soient mes semblables, pour que je n'aie pas à devenir un des leurs, m'eussent-ils laissé faire, ce dont je doute, comme on verra. Il y avait autant de putes et de saintes vierges que du reste, dans la mesure où j'en pouvais juger, mais des bambins moins, nettement moins, j'ignore où on avait pu les dérober à ma vue, et dans quel but, le plus petit devait m'aller jusqu'aux enflures, et il portait un chapeau de père avec un air triste qui me faisait douter qu'il s'agît bien d'un bambin, en tout cas pour les ailes il ne devait lui rester que des moignons. Et le cercueil sortit du magasin général.

Que dis-je un cercueil, un véritable château de six planches! Je n'avais jamais rien vu d'aussi beau de toute ma putain, même cheval y alla de ce qu'il n'avait pas fait depuis des lunes, il hennit. Cheval qui hennit! Pour qu'on porte un tel soin à une boîte, me disais-je, il ne devait pas rester grand-chose à l'intérieur, si vous voulez mon avis. Un tel souci du contenant, me disais-je, fait sonner creux le contenu, si j'en juge. Une boîte aussi somptueuse, me disais-je, n'annonce rien de bon quant au vide qu'elle renferme en dedans, m'en croyez. Une forteresse de bois, me disais-je, pour abriter du rien, et puis quoi encore, je n'arrive pas à exprimer précisément ma pensée, fichtre. Ça m'arrive même à moi. Mais vous devriez voir si c'était frère qui rédigeait tout ceci !

La pute de tout à l'heure qui se vantait que le mort fût son mari, sortit à son tour, avec un air avantageux, le mouchoir sur le nez et dans la main la main de son angelot, lequel apparemment fort étonné de ce qui était autour. J'éprouvais pour lui la sympathie qu'éprouve toujours l'orphelin pour l'orphelin, et je l'aurais pincé au sang en cachette si j'avais été tout près de lui.

La foule se mua en un long animal onduleux, une sorte de serpent qui aurait des pattes et pour museau un cercueil d'où à chaque instant il me semblait qu'allait darder une langue bifurque, bien qu'il soit rare que les boîtes à trou s'ouvrent d'elles-mêmes de l'intérieur, à ce que j'ai pu lire. L'extrême queue dont je n'étais pas, parce que je gardais mes distances vous pensez bien, ne s'était pas encore mise en branle que déjà la tête luisante du reptile pénétrait à l'intérieur de l'église dont une seule cloche cognait jusque dans mes tempes, doooong... doooong... J'étais là à me dandiner, je grinçais des dents d'impatience, mais plus vite, leur disais-je dans ma tête, plus vite. Il y a une chose qu'il faut bien comprendre cependant, c'est que tout doit être lent dans un enterrement, il ne serait pas convenable de s'exécuter au pas de course, même si cela après tout serait conforme à la raison et à l'éthique de spinoza, car on aurait l'air ainsi de vouloir se débarrasser de ce qui n'existe plus et dont le propre est de se froisser pour un rien. Plus on n'est rien et plus on a besoin de support moral. D'où qu'il faut avoir des attentions délicates pour ceux qui ont l'arme à gauche, parce que c'est quand on est mort qu'on a besoin d'aide, quant aux vivants qu'ils s'aident tout seuls, on peut bien les laisser crever si vous voulez mon avis, et c'est exactement ce qui se passe, si j'en juge. J'apprenais récemment dans un dictionnaire qu'on doit poser des fleurs sur les pierres par-dessus les trous où on a enfoncé nos disparus, parce que ça leur prouve hors de tout doute qu'on ne les a pas mis dans le trou pour le plaisir, et qu'on pense encore à eux en se disant qu'on préférerait à tout prendre qu'ils soient encore là, et j'aime tellement les fleurs qu'on ne m'a jamais offertes, comme dans les plus belles histoires que je connaisse, que je me mettrais de moi-même dans un trou si ça pouvait donner l'idée à mon frère de m'en apporter en se disant qu'il préférerait à tout prendre m'avoir encore avec lui, mais pensez-vous. Voilà les réflexions que je me faisais, en les associant bien entendu au souvenir encore frais de papa, quand je vis les derniers enterrants pénétrer dans l'église et je demeurai au milieu de la place avec entre deux doigts la babine de cheval.

On nous accusera d'être entrés ensuite cheval et moi, mais a-t-on songé à ce qui nous avait attirés à l'intérieur du saint lieu? c'était la musique. Je me disais comment ose-t-on faire ça à une dépouille qui n'est plus là pour se détendre? J'ai horreur de la musique. Parce que la musique, tenez-vous bien, c'est une abjection, une pieuvre avide qui se nourrit de nous. Faites-en surgir dans un rayon de cent mètres, et je n'ai plus de cœur, il m'est sorti du ventre où il habite, il éclate par terre sous mon regard désemparé, même si j'ai les yeux fermés, il me revient en élastique dans la poitrine en y perçant un trou de balle, et c'est une plaie qui vit et ressuscite à chaque note, et j'en mourrais de ma mort la plus délicieuse tellement c'est atroce et cruel et éprouvant, comme la vie. Sans compter que cela nous met dans l'âme les plus horribles souvenirs, horribles si c'en sont de bons parce que ce ne sont justement plus que des souvenirs, horribles encore si ce sont d'horribles souvenirs, parce qu'alors ça veut dire qu'ils ne nous lâcheront que sur le seuil de notre tombeau, où on ne sait pas ce qui nous attend, c'est peut-être pire que ce qu'on appelle ce côté-ci, je ne sais pas si on voit ma logique.

Quoi qu'il en soit, je sais de quoi je parle, nous en avions de la musique à la maison, du temps que papa nous commandait tout la veille encore. Il y en avait entre autres deux sortes. Il y avait premièrement celle que papa faisait lui-même avec ses doigts et sa bouche et mes jambes et dont je parlerai dans quelques lignes, ça vaut le détour. Il y avait l'autre ensuite que produisaient les fées, mais il faut d'abord que je vous parle de quelque chose, qui étonnera, mais me croira qui peut. Papa était détenteur d'un générateur magique, c'est ainsi que ça se nomme, qui ne quittait pas sa chambre sauf quand il l'emportait sur son dos et sous son bras vers les montagnes au-delà de la pinède, pour le remplir si j'ai bien compris, et auquel frère et moi nous n'aurions pas aimé toucher, à cause des horions. C'est pour vous donner une idée des pouvoirs qui étaient impartis à père. Il nous expliqua un jour avec une jubilation qu'il nous faisait tout drôle de lui voir, qu'il existait de grandes forces dans l'univers et en premier lieu dans le ciel, nous n'en donnerons pour preuves que les éclairs, le tonnerre, le vent, tutti quanti. Or, et c'est là qu'on mettra le feu aux robes tellement on n'osera pas me croire, mais ces forces, qui sont aussi des esprits, on peut les appeler, les faire venir en tourbillons de flamme autour de soi, et si on sait faire les gestes idoines, on peut les capturer et les mettre dans une boîte, et à supposer que vous ayez les bonnes cordes, vous pouvez la relier, cette boîte, à une autre boîte qui sert à libérer les fées emprisonnées dans les disques noirs et qui nous dispensent la musique, car tout communique dans l'univers, par vertu magique, c'est à cela que je voulais en venir. Papa s'enfermait dans sa chambre. Il ne fallait pas même manifester que nous étions de ce monde en respirant, père exigeait le silence absolu pour l'emplir de mélodies, gare aux horions. Je me tassais sans rien dire en respirant comme mon amie la mante contre la porte de l'autre côté. Essayez d'y comprendre quelque chose, les moustiques le soir volent à la chandelle qui va les calciner, je l'ai souvent observé, c'est moi tout craché dans mon rapport à la musique. Frère se blottissait contre mon flanc et ça le faisait pouffer, il ne sait faire que ça mon frère, rire ou chialer, ou me gigoter dessus. Et la musique surgissait avec une sonorité qui évoquait les fois où nous nous amusions à nous pincer les narines pour parler du nez, mon frère et moi. Parfois la voix de papa s'élevait par-dessus la mélodie, la chevauchait quelques instants, la tourmentait juste ce qu'il faut, et je ne peux pas vous dire, c'est horrible comme c'était beau.

Mais il y avait aussi comme je vous disais l'autre sorte de musique que papa produisait avec ses doigts, sa bouche et mes jambes. Il se trouvait donc à la maison un instrument de musique au milieu des dictionnaires de la bibliothèque et je ne vois pas pourquoi il n'y serait pas encore malgré tout ce qui nous catastrophie depuis deux jours. C'était un instrument extrêmement compliqué, à trois étages, avec un clavier pour chaque niveau et des tuyaux de dimensions diverses, et une pompe qu'il fallait actionner pour souffler dans les tuyaux, d'où mes jambes. Celles de frère étaient plus puissantes, je dois dire les choses comme elles sont, mais frère avait des fous rires ce faisant qui avaient beau lui attirer les horions que l'on devine, il n'y pouvait ce qui s'appelle rien, et c'est moi que père affectait à la pompe qui soufflait l'air dans les tuyaux, et l'effort que ça me demandait et l'effet que cela produisait sur mon âme, faisaient que je pleurais comme une madeleine, j'avais la tête penchée et je poussais du pied, je poussais, et les larmes coulaient dans ma figure et, comme des araignées au bout de leur fil, glissaient le long de mes longs cheveux. Au bout d'une heure de ce régime je n'étais plus qu'une loque pantelante, c'est ainsi que ça se nomme. Tout cela pour ne rien dire des fifre, flageolet et tambourin, mais ça j'en parlerai à son heure, en même temps que du bouc et tout son bataclan.

Et alors ce qui nous a sidérés cheval et moi c'est que la musique qui venait de l'église ressemblait comme une goutte d'eau à la musique qui sortait de l'instrument à tuyaux de papa, et comme je suis attiré contre toute raison par la musique qui me met en lambeaux calcinés, nous sommes entrés cheval et moi à cause de ça à l'intérieur.

Et je vais vous dire, malheur à celui par qui le scandale arrive, comme c'est vrai. Je me suis avancé dans la grande allée avec cheval. Il y avait le cercueil tout nu tout droit devant. Le prêtre agitait mollement un encensoir, on n'apprend pas à un vieux singe, et il avait les paupières mi-closes, et marmonnait, et avait

l'air de réfléchir énormément à quelque chose de dou-
loureux, nous fîmes une entrée remarquée cheval et
moi. Je tenais mon sac à sous à bout de bras à hauteur
d'épaule, et je le montrais aux gens assis sur les bancs
en marchant tristement, je répétais s'il vous plaît s'il
vous plaît donnez-moi un cercueil, et je faisais pitié. Je
ne sais pas où sont passés les cœurs dans ce village, les
gens n'en ont pas, je dis la chose ainsi qu'elle m'apparaît. Je dois cependant à la vérité de dire à la décharge
du village qu'il y avait une vieille pute dans la troisième
rangée toute courbée par son dos et qui m'a néanmoins
regardé sans haine, et j'ai cru apercevoir derrière son
voile gris qu'elle m'adressait peut-être un sourire qui
ressemblait ma foi à de la compassion, une seule vieille
pute dans toute cette église et dont il me plaît à penser
que l'auteur des choses lui ménagera une mort douce,
comme celle que connaissent les fleurs et les papillons,
c'est le souhait que je formule, jamais je n'oublierai ce
sourire qui comprenait. Deux hommes m'ont attrapé
par derrière sans que je puisse mais. Je ne sais pas si
c'étaient les deux mêmes hommes que tantôt au magasin général du mort, il y a des fois où tout me semble
interchangeable dans l'univers, mais comme j'étais une
chèvre enragée, j'eus le temps de leur lancer par la tête
à tue-tête : « Vous torturez votre mort avec cette
musique », je ne le leur ai pas envoyé dire, à tous autant qu'ils étaient, moins la vieille pute au sourire, à qui
j'eus le temps de sourire aussi en ce bref instant. Seulement ils étaient deux, je ne sais pas si j'ai oublié de le
dire, je veux dire les deux hommes qui m'ont attrapé

lâchement par derrière, et ils étaient nettement plus forts, on ne peut rien contre les lois de la nature.

Or cheval était si bouleversé de ce qui nous arrivait qu'il se mit dans des états, bondit hors de l'église, et le voilà parti comme un fusil, à une vitesse dont je ne l'aurais pas cru capable, à rebours du chemin que nous avions parcouru ensemble jusque-là, le ventre à ras le sol, hennissant vers la pinède au-delà de laquelle il y a notre maison et papa qui n'avait toujours pas son cercueil. Est-ce dieu possible ! On me laissa au milieu de la route devant le parvis, on agita devant moi un index menaçant en m'intimant des ordres, mais il était trop tard, j'étais parti pour ne plus rien comprendre à rien, je venais d'être saisi d'une figette.

Je ne sais pas combien de temps j'ai pu rester ainsi sur la place publique car, quand j'ai une figette, le temps se contracte, ou s'étire, ou tourne en rond, impossible de le savoir, il ne recommence à détaler en ligne droite qu'à partir de l'instant où je recommence à bouger, mais le diable connaît ce qui s'est passé entretemps avec les heures. À voir ma main levée, crispée, les ongles plantés en plein ciel, ma tête immobile sur le côté, mes yeux fixés sur quelque objet d'une extraordinaire insignifiance, à voir ma bouche bée et mes fesses dressées comme s'il allait en surgir une comète, on peut penser que je suis une pierre, mais ce qu'on ignore c'est que je suis extrêmement actif en dedans quand j'ai une figette. À travers mes yeux de viande je regarde comme au travers d'une fenêtre avec les yeux que nous avons à l'intérieur du chapeau, j'observe tout en tout sens pour que rien ne m'échappe, je suis grimpé dans mon corps comme si j'étais caché dans un grenier et que j'épiais le monde par l'œil-de-bœuf, ah la la encore un œil. Si je bouge le plus petit doigt, l'auriculaire comme ça se nomme, car c'est avec lui qu'on se gratte le trou, le cosmos risque de voler en éclats, c'est vous dire le sentiment que j'ai, quand j'ai une figette. Parfois je n'y peux rien, il y a une jambe qui se met à trembler, et là c'est terrible l'angoisse que ça procure, on dirait la terre qui gronde et je dois contrôler ma jambe sans me servir de mes mains pour éviter le cataclysme universel, et c'est un effort pire que de pomper un orgue à tuyaux, comme ça se nomme. Papa aussi était sujet aux figettes, je ne sais pas si j'ai oublié de le dire. C'est de famille.

Toujours est-il qu'un moment vint où ils sont tous ressortis de l'église en suivant le cercueil, c'est à se demander s'ils n'allaient pas le suivre jusque dans la tombe, et tous s'enterrer avec, par une fascination abrutie, comme notre ancien chien qui ne me lâchait pas les semelles les fois où je dégouttais de sang. C'est même pour ça que père a fini par mettre de la boule à mites dans sa pitance. Je m'expliquerai plus tard sur toutes ces affaires de sang qui doivent paraître étranges, et qui le sont effectivement.

Mais la foule de nouveau dans la rue donc. Apparemment, on ne s'était pas encore habitué à m'avoir pour semblable, à en juger par les regards que je ne souhaite à personne. L'ensemble s'est mis à faire cercle autour de moi, et c'était terrible, je ne vous dirai que ça, et je commençai à m'affoler dans mon grenier, tellement que ça m'a sorti un peu de ma figette. J'entrepris de pivoter sur ma jambe gauche, lentement et par petites saccades, comme le quêteux sur son manche de marotte, en prenant soin que rien ne change dans la position des autres parties de mon corps, je ne sais pas si je me fais bien comprendre, et à mesure le cercle se défaisait autour de moi, les gens reculaient, comme par peur de se mêler de ce qui ne les regardait pas en moi. Combien de temps je suis resté ainsi à tourner dans le sens des aiguilles d'une montre, je ne sais, mais tant soit peu libéré de ma figette, la notion de temps me revenait, et il me semble que je pivotai ainsi tant que le rang des fidèles ne se fût recousu, et que les gens n'en eussent fini de disparaître à l'extrémité de la rue pour aller enfouir leur disparu, enfin je présume, ce ne sont pas mes oignons. Mais ils n'ont pas tous suivi, pour une raison que j'aimerais bien qu'on m'expose, car je l'ignore, et il en est resté quelques-uns à m'observer comme si j'étais de la merde de pape, je veux dire avec une intense curiosité, et qui s'éloignaient de quelques pas, et s'immobilisaient de nouveau pour me dévisager, puis s'éloignaient derechef, cela jusqu'à ce que je ne visse plus personne nulle part, et je me retrouvai seul abandonné au milieu de la place du village tristement comme si j'étais le prince survivant d'un royaume dévasté par une épidémie de choléra. Imposant silence qu'accusait le bruit des feuilles roulées par le vent, si vous voulez mon avis.

Et enfin, parce que tout arrive par arriver sur cette terre, il y eut devant moi deux individus, encore deux, on dirait qu'il vont par paires ces marioles dont je renonce à décrire l'accoutrement, mis à part celui à ma droite en soutane, qui n'était pas le prêtre que j'avais vu tantôt réfléchir en agitant l'encensoir autour du mort, et qui était beaucoup plus jeune.

— Qui êtes-vous ? me dit l'autre.

Je craignais les horions et j'ai fait comme si je n'avais pas entendu.

— D'où venez-vous ? ajouta la soutane. De la maison de l'autre côté de la pinède ? Qu'êtes-vous venu faire ici ?

Je n'osais parler du cercueil, vous pensez bien, peur qu'il ne s'ensuive encore pour moi que des emmarmelades, car je commençais à en savoir un rayon sur ce chapitre, et gare au mot corde dans la maison d'un pendu.

— Suivez-nous, fit la soutane en posant doucement sa main sur mon épaule, même que cette douceur m'a fait quelque chose.

Il ajouta : « Nous ne vous ferons aucun mal », ce qui était déjà ça de gagné. Et ma figette ne fut plus qu'un souvenir parmi d'autres, je les suivis. Si on ne me fait pas de mal, voyez-vous, on peut tout obtenir de moi, telle est la leçon à tirer. C'est parce que je suis né sous le signe astronomique de l'âne que je suis comme ça, à l'instar des veaux et des gorets.

Je les suivis, et j'essayais de faire très pitié avec ma bouche et mes regards et tous les airs que je faisais, pour obtenir qu'on soit gentil avec moi, qu'on aide mon cœur dans toute cette tourmente, et qu'on me trouve joli. Le prêtre n'avait pas l'air méchant. Comme sa soutane était crottine, toute couverte de poussière de craie, je me sentais en confiance, il avait l'air d'être un peu plus mon semblable que les autres, papa a été prêtre lui aussi quand il était beau bonhomme. L'autre individu portait un revolver à sa ceinture, et je trouvais cela saisissant, car d'après les images j'avais toujours cru que c'était tout petit, les armes à feu, mais dans la réalité, fichtre, c'est gros comme les couilles à mon père.

Tout en marchant, je me ramentevais par bribes ce qui avait constitué notre vie jusqu'alors et qui ne serait plus, car tout passe ici-bas, par exemple le bruit que faisait papa à l'étage au moment de ses exercices, ou quand nous mangions tous ensemble et qu'on attachait une bavette à notre grenouille pour rire en lui faisant avaler des mouches, et les soins que papa apportait au Juste Châtiment dans le hangar à bois en le sortant de sa boîte et qui serait plus désemparant doré-navant qu'il ne l'avait jamais été, je réfléchissais à tout cela et cela m'aidait à faire pitié, car ça me rendait tout de travers dans ma tristesse et que j'avais comme des envies de me mettre à pleurer. C'est un joli mot, ramentevoir, je ne sais pas si ça existe, ça veut dire avoir des souvenirs.

Maintenant, je demanderais qu'on soit bien atten-tif car ce qui va suivre va être coton.

D'abord on m'a fait entrer à l'hôtel de ville, c'est comme ça que ça s'appelle d'après ce que j'ai pu lire au-dessus de la porte, et c'était une fort jolie maison, d'une propreté à arracher des applaudissements, à donner le goût de se promener en costume d'adam dedans en dansant pieds nus parmi des poupées de lumière. Après avoir traversé un corridor, qui évoquait pour moi la galerie de portraits de notre domaine, galerie dont j'au-rai certainement à reparler, en raison de l'éclairage sou-dain que quelques heures plus tard ces portraits allaient finir par jeter sur mes origines ici-bas, nous avons pénétré dans une petite salle équipée de tables, de sièges et de lampes que des cordes reliaient aux murs et qui illuminaient par vertu magique. Les deux hommes qui m'accompagnaient ne m'avaient pas adressé la parole sur la route, mais ils parlaient beaucoup entre eux, avec animation et inquiétude m'a-t-il semblé, et le prêtre disait monsieur l'agent à l'homme qui portait l'arme à feu aux dimensions vertigineuses. La première chose dont je me suis aperçu dans cette petite salle, c'est qu'il y avait quelqu'un d'autre dedans, dont je ne vis d'abord que des pieds croisés sur un bureau, et des mains, car un paravent me cachait sa tête, mais je me suis tout de suite senti en confiance parce que les mains ouvraient un dictionnaire intitulé les fleurs du mal. On m'a fait asseoir, et là les questions de l'agent ont commencé.

— Vous habitez la maison de l'autre côté de la pinède, c'est ça ? Votre père est bien monsieur soissons ? C'est bien son cheval qui était avec vous ?

Je dandinais le torse comme si j'étais en train de me fredonner une petite chanson à l'intérieur du chapeau, je regardais dans le vague devant moi, mais je ne répondais pas. Incidemment, ce qu'il y a de curieux avec ce mot de soissons, c'est qu'il m'arrivait de roupiller un peu au milieu de mes dictionnaires, et tout à coup tout à fait clairement j'entendais ce mot de soissons, qui sifflait très très rapidement près de mon oreille et s'enfuyait comme une truite qui nous glisse entre les jambes quand on marche pieds nus dans le lac l'été, et j'avais l'impression que ce mot-là avait quelque chose à voir avec moi et faisait partie de moi dans mon matériau le plus intime plus que n'importe quel autre mot, je dis la chose comme elle m'apparaît, et ce mot-là me sortait tout étonné de mon roupillement, soissons.

Le prêtre et l'agent continuaient de m'agonir de questions, et il y avait apparence que je les embêtais bien avec ma façon de ne pas avoir l'air d'entendre le latin, mais ce n'était pas pour mal faire, et ils se perdaient en conjectures et autres supputations de même farine, et je vais vous dire, j'avais beau avoir le sens le plus fort de ces choses, je n'aurais jamais cru que mon père fût un homme aussi important. Même que monsieur l'agent avait une grosse moustache grise comme s'il avait voulu l'imiter ! C'était tellement la sienne de moustache qu'on aurait dit qu'elle s'était envolée de la figure de papa, à la manière de mon amie la libellule, comme il est dit qu'à la mort notre âme nous quitte, et qu'elle était venue se poser au-dessus des lèvres de monsieur l'agent, vrai comme je suis.

Ce dernier ainsi que la soutane prirent bientôt le parti de me traiter à tu et à toi, des fois que ça passerait mieux entre mes oreilles, et quand ils m'ont demandé s'il était arrivé quelque chose à mon père, j'ai fini par leur montrer que je comprenais la langue humaine comme tout le monde et j'ai répondu il est mort aujourd'hui à l'aube, ce qui a produit son effet.

Ils m'ont demandé de répéter, c'était une nouvelle qui allait faire du chemin, si avérée, mais répéter n'est pas mon fort. « Nous l'avons découvert pendu ce matin au bout d'une corde à laquelle il s'est accroché comme un seul homme sans crier gare », dis-je à la place. Le prêtre fit un signe de croix sur son ventre. L'agent semblait plus calme. Il est vrai que lui, il n'avait pas de crucifix au cou pour être sans cesse tenté de le tripoter, comme frérot avait coutume de faire avec ce que vous savez. Il me dit sur un ton empreint de délicatesse, comme si j'étais quelque chose d'infiniment fragile qu'il fallait traiter avec les égards :

— Tu as dit : « *Nous* l'avons découvert ». Qui ça, nous ?

— Papa a deux fils, dis-je. Moi et mon frère.

Ils ont reculé le cou de stupéfaction, à la façon des pigeons quand ils marchent, ils m'ont contemplé comme si je venais de dire quelque chose d'effarant, allez comprendre quelque chose à mes contemporains et amis. L'agent eut un geste de la main comme pour dire nous reviendrons à cela plus tard, et il me demanda encore :

— Et ta maman ? Est-ce qu'il n'y a pas ta mère qui vit avec toi ?

— Il n'y a jamais eu de putes à la maison, dis-je.

À voir leur tête, je me suis dit que cela appelait des éclaircissements et j'ai ajouté :

— Toutes les mères sont des putes mais on peut aussi dire saintes vierges si ça nous chante, la nuance est infime.

Je reçus de l'homme en soutane deux horions très rapides, un avec le plat de la main, l'autre avec le revers, tout cela en se servant de la dextre et en moins de temps qu'il n'en faut pour l'écrire. J'aurais aimé mettre les doigts dans ma culotte et lui jeter du sang, mais je n'avais pas de sang ce jour-là, c'était cicatrisé jusqu'à la prochaine fois.

Alors le troisième homme, dont je n'avais vu jusqu'ici que les mains et les pieds, se leva de son siège, et je reconnus aussitôt mon semblable qui était venu chez moi m'importuner et qui était le prince dont pour me taquiner frère disait que j'étais amoureux, peuh. Il semblait s'intéresser à tout ce qu'on disait mais ne disait rien lui-même, à la manière des chats et des sages. Il avait croisé les bras, s'était appuyé de l'épaule contre le mur, et me regardait avec curiosité et gravité, pour une raison que j'ignore, il était peut-être amoureux lui aussi. Rien qu'à le voir j'avais comme une envie de passer ma langue sur toute sa figure, de mettre son nez dans ma bouche, il se passe parfois dans ma tête et dans mon corps des choses qui sont de véritables énigmes pour moi-même. Il avait gardé en main son dictionnaire et il avait fait un signet d'un de ses doigts, et ce détail me plaisait, car je faisais cela aussi, très souvent, quand j'interrompais une lecture pour rêver aux beaux chevaliers dont les pages me parlaient, je faisais un signet d'un de mes doigts. Quant au prêtre, il s'était retiré dans un coin sur une chaise et contemplait le plancher avec des yeux comme des soucoupes. Pour un homme qui avait promis de ne pas me faire de mal, je trouvais que, tout en soutane qu'il fût, sa parole n'avait pas plus de poids qu'une comète qui nous sort du trou.

Mais parlant de putes, j'essayai de leur expliquer qu'il me semblait bien avoir une très lointaine remembrance, d'une sainte vierge qui m'aurait tenu sur ses genoux en sentant bon, et même d'une angelote sur l'autre genou de la vierge au doux parfum, et qui m'aurait ressemblé comme une goutte d'eau, ainsi que mon frère essayait de m'en convaincre. Mais était-ce là un souvenir? Et était-ce là une pute?

Le curé était revenu, et d'un air catastrophé, celui qu'avait eu frérot la fois où il m'avait appris que chien venait de mourir, alors que moi, ce que je m'en crissais les pneus, comme dirait mon père, le curé répétait:

« Elle est folle. Ou elle est possédée. » Les soutanes ne connaissent pas le genre des mots, si j'en juge. Je ne sais trop du reste ce qu'il faisait de sa salive, ce prêtre, mais il lui restait aux commissures une manière d'écume sèche, et gris-de-vert, un varech de bouche, si vous voulez m'en croire, que je découvrais chez un semblable pour la première fois, je ne sais si cela n'est pas si rare ou quoi, en tout cas j'ai ça en horreur, m'en cuidez. À défaut de sang, je lui jetai du mépris avec mes prunelles, toujours pleines de petites foudres, au dire de feu mon père.

Ils se mirent de nouveau à parler entre eux, je veux dire l'agent et le prêtre, sans plus se soucier de moi, mis à part les regards qu'ils me lançaient parfois et qui les figeaient pour quelques instants dans une sorte de stupeur horrifiée, je pèse mes mots. Mais il y avait le prince qui était là et qui lui m'observait avec des yeux touchants d'amitié, et quand je le voyais qui me souriait je détournais ma figure en haussant une épaule et faisant de grands airs car enfin pour qui me prenait-il.

La grande affaire qui semblait tant accabler les deux autres et qu'ils rabâchaient comme un refrain c'est que feu mon père était propriétaire de la mine et que sa disparition allait causer des changements, et apparemment ils avaient le changement en horreur, si vous voulez mon avis. Ils ont fini par me dire que j'allais être obligé de les emmener jusqu'à papa.

— Papa a disparu.

— Comment? Que veux-tu dire? Vous avez perdu ses restes?

— Son corps est là, fis-je, mais lui, il est disparu.
Pourtant simple à comprendre.

— Alors il va falloir que tu nous mènes jusqu'à la dépouille.

Pour bien leur montrer qu'il n'en était absolument pas question, je commençai une figette. Ce n'était pas une vraie, rassurez-vous, c'était uniquement pour les impressionner, à quoi elle réussit. Le prince dit doucement, même que cette douceur, etc. :

— Vous ne voyez pas que vous l'effrayez ? Elle est toute tremblante.

Un autre qui me prenait pour une pute, il devait en juger sur mes enflures, je suppose, et je le lui ai envoyé dire par mes yeux.

— Monsieur l'inspecteur des mines, j'aimerais que vous ne vous mêliez pas de ça. Retournez donc à vos poèmes.

C'est l'agent qui venait de dire ça au prince.

— Eh bien justement. En tant qu'inspecteur des mines, il me semble que ça me concerne un peu tout de même, non ?

Ces deux-là n'avaient pas l'air de s'aimer, pour dire que les choses sont comme elles sont. Il faut préciser aussi que l'agent avait ceci de commun avec mon frère qu'il ressemblait à quelqu'un qui ne met jamais le nez dans les dictionnaires, ce qui les rend pleins de mépris jaloux pour ceux qui font un signet d'un de leurs doigts, et je me disais que toute pute qu'il m'ait traité, je ne ferais ni une ni deux en cas de guerre ouverte et je me rangerais aux côtés de l'inspecteur des mines, tous couteaux tirés. Que voulez-vous faire de quelqu'un qui ne met jamais le nez dans un dictionnaire?

Le prêtre et l'agent à moustaches conclurent que c'était un cas de force majeure et que c'était de leur devoir d'aller en avertir le mère qu'une grippe avait empêché de suivre l'enterrement de l'épicier, et je me disais qu'ils ne connaissaient décidément pas le genre des mots, quand j'ai fini par comprendre qu'ils voulaient dire sans doute maire et non mère, parce qu'attention, le secrétarien a des lectures. Ils ont dit à l'inspecteur des mines de me surveiller durant ce temps-là, et les voilà partis comme jets de pisse.

Je vais vous dire, si j'avais pu prévoir que, avant la fin du jour, je me retrouverais en tête à tête avec l'inspecteur des mines, je crois à tout prendre que j'aurais préféré aller me pendre à la corde de papa, car je craignais un peu les envies de mon cœur, c'est le moins qu'on puisse dire, et selon ce que nous dictent la nature et la religion, c'est de mon frère bien évidemment qu'il convient que je sois amoureux, pas d'un autre.

La première chose que fit le prince une fois que nous fûmes seuls, livrés à sa merci, c'est de me demander si je voulais boire un café, ou une tasse de lait, ou un verre de cidre, que sais-je encore, je me suis contenté d'avouer que j'avais soif comme une éponge au soleil, ce sont mes mots.

— Quel âge peux-tu avoir, toi ? Seize ? Dix-sept ans ?

Puis, comme je me serais fait hacher plutôt que de lui répondre, il ajouta avec un rire gentiment moqueur :

— Tu as l'âge de ton cœur, je suppose ?

Ce fut plus fort que moi :

— Si j'avais l'âge de mon cœur, ça m'en ferait quatre-vingt-dix.

— Sais-tu ce que tu viens de faire ? dit-il en commençant de faire chauffer de l'eau. Tu viens de faire sans le savoir deux vers de huit pieds.

J'ai passé ma vie dans la crotte et dans la bouette, eh bien je vais vous dire, je ne savais pas qu'il y en avait de si longs. Mais je rapporte ce qu'on m'a dit, sans chercher à comprendre. Pour dire la vérité, je ne sais pas au juste depuis combien de temps je suis sur terre, mais il me semble que ça fait tellement longtemps. J'ai plus de souvenirs que si j'avais mille ans. Pour faire chauffer l'eau l'inspecteur des mines s'était rendu de l'autre côté de son bureau, je ne sais pas si j'ai oublié de le dire, et comme il ne parlait pas très fort et ne parlait que distraitement, je n'entendais pas toujours bien ce qu'il me racontait, mais ça me paraissait d'assez peu d'importance, tant pour lui que pour moi. Sa voix me suffisait. Je veux dire que c'était comme la musique, et ça me chamboulait tout autant, me faisait souffrir délicieusement, j'avais envie de m'étendre par terre sur le ventre et qu'il s'étende immobile sur mon dos en continuant de me parler.

Distraitement, parce que durant qu'il s'affairait avec les tasses et le café il jetait des coups d'œil soucieux et réfléchis sur un cahier ouvert. Je le vis prendre un crayon et corriger un mot, ou je ne m'y connais pas.

— Vous êtes secrétarien? dis-je.

Il me demanda de répéter. Mais tant pis pour lui, j'ai trop besoin des mots pour les gaspiller à les dire deux fois. Je gardai le silence. Puis il a eu un petit soupir, nuancé de dédain, comparable à celui que j'ai quand je contemple en rougissant d'émotion mon image dans l'eau tout juste sortie du puits au printemps, à cause de la couleur de mes yeux, et que mon frère me surprend et se moque de moi et que je lui réponds en feignant l'indifférence : «Que c'est ennuyeux les miroirs, que c'est ennuyeux!...» C'est pourquoi je ne crus pas au détachement de l'inspecteur quand il laissa tomber après son soupir :

— Disons que j'essaie d'écrire des poèmes…

Des poèmes, allez, je sais ce que c'est, il y en a plein dans mes dictionnaires de chevalerie. Je blaguais tantôt quand je faisais accroire que je prenais les vers de huit pieds pour des lombrics. On n'a rien compris à bibi si on n'a rien compris à son humour.

— Moi aussi j'écris, dis-je en soupirant itou.

Il m'a considéré d'une façon qui m'a fait tout chaud dans les enflures et jusque dans les cuisses, car ces choses sont reliées, par vertu magique. Si mon frère me regardait plus souvent comme ça, me disais-je, la vie serait une forêt enchantée. Ça m'a mis les mots à la bouche :

— C'est père qui nous obligeait à assumer à tour de rôle le rôle de secrétarien. Ce sont tâches qui incombent à des fils, voilà ce qu'il nous disait de sa voix de stentor (je ne sais pas ce que c'est qu'une voix de stentor). Même si moi je le faisais de gaîté de cœur, et sans faire pitié, et que mon frère lui, le cœur lui levait à la seule idée, frère était forcé d'avoir lui aussi ses journées dans le grimoire, qui entrelardaient les miennes, et rien qu'à les lire on rit, si on a le cœur à rire, car des fois, je dis la chose comme elle est, frère se contente de faire semblant, de barbouiller les lignes avec son crayon, il est con mon frère, un vrai fil à plomb. Et même que, quand père vérifiait dans le grimoire, ça me crevait le cœur, car il ne voyait pas la différence, peuh. Ça ne m'a jamais empêché d'être le plus intelligent de ses fils. Mais maintenant qu'il est mort, on me passera sur le corps avant de m'enlever mon grimoire, et frère quant à lui, qu'est-ce qu'il s'en fout, allez, il n'en fera pas pitié, il continuera à rouler sa vie de bâton de chaise.

L'inspecteur s'était rapproché de moi avec les cafés et je crois pouvoir dire à son air qu'il trouvait que j'étais quelqu'un qui vaut la peine d'être vécu. Il a hésité devant bien des phrases, ses lèvres remuaient, mais les mots n'en sortaient pas. Il finit par dire :

— Pourquoi parles-tu toujours de toi comme si tu étais un garçon ? Et cet accent marseillais, je me demande où tu as pu pêcher ça… Tu ne sais donc pas que tu es une jeune fille ? Et même, je dirais… (ses lèvres découvrirent toutes ses dents, ce qui me fit songer au soleil quand il se fraie un petit passage entre deux nuages dans notre domaine) et même je dirais une très *très* jolie jeune fille.

Je jure que le deuxième *très,* il l'a dit en italique.

« Un peu sale peut-être », ajouta-t-il, car rien n'est sans mélange sous la croûte, pas même les mots gentils, et il sortit son mouchoir avec lequel il essuya ma joue, mais je reculai la tête. Ce mouchoir, je vais vous dire, je l'abomine, et j'aurais envie de l'avoir en ce moment même dans ma main, je crois que je le serrerais très fort entre mes cuisses, mais comme il me prenait toujours pour une pute, je me suis senti obligé d'expliquer, c'est mon drame à moi d'être toujours en train d'essayer de m'expliquer en long et en large à ceux que j'aime, j'en veux cheval pour témoin :

— Est-ce que monsieur le prêtre qui m'a frappé a

aussi des enflures en dessous de sa robe? Il y a eu une fois, il m'est arrivé une vraie calamité, je crois que j'ai perdu mes couilles. Durant des jours ça s'est mis à saigner, et puis ça cicatrise, et puis ça repart encore, ça dépend de la lune, ah la la, tout ça est à cause de la lune, et j'ai commencé à avoir mes enflures sur le torse aussi. Mon frère riait parce que mon père m'a fait porter cette jupe pour pas que le sang tache quand il déborde, et ça me mettait en colère que mon frère rie, et je courais après lui pour lui en jeter à pleins doigts, du sang. Déjà quand j'étais petit, ce dont je me souviens quand je pissais, c'est que père et frère pissaient debout mais que moi j'ai toujours pissé accroupi, car je n'ai jamais voulu toucher à mes couilles ou même seulement les regarder, comme mon frère passe son temps à le faire, je ne les ai vraiment senties en fait qu'à partir du jour où je les ai perdues, si ç'a du sens ce que je dis, et ça s'est mis à saigner depuis. Mais c'est égal, père savait que c'était moi le plus intelligent de ses fils, et zou. Couilles pas couilles.

Il ne paraissait pas trouver très clair ce que je lui racontais, mais je n'y peux rien, j'ai pour mon dire de toujours dire que les choses sont comme elles sont, et si elles semblent étranges, cela n'est pas du ressort à mon chapeau, il faut s'en prendre à elles. Il s'était assis en face de moi et me considérait avec un sans-gêne et parfois des sourires amusés, comme si j'étais un petit spectacle à moi tout seul, à l'instar de notre seul jouet la grenouille.

Et il s'est mis lui aussi à me questionner. Il le faisait cependant avec une intention de m'aider que je sentais bien, et ça allait mieux pour lui répondre. Comme il me demandait ce que j'étais venu faire au juste au village, je répondis que j'étais venu pour une boîte à trou, dite cercueil en latin vulgaire, et que j'étais bien marri de n'en avoir trouvé point, et disant cela, je me donnais des airs qui faisaient pitié, je crois. Il me demanda comment était mon frère et je répondis qu'il était un idiot qui riait et pleurait tout le temps et qui me tirait les cheveux quand je lisais les mémoires du duc de saint-simon ou me faisait sentir le suintement de sa saucisse au bout de ses doigts, mais sa question visait à savoir s'il était plus jeune ou plus vieux que moi, ce que je finis par comprendre. J'affirmai que papa nous avait pétris le même jour à la même heure exactement, il y a bien longtemps, vraisemblablement, aux dires de la religion.

L'inspecteur des mines avec son pouce et son index se frotta les paupières comme s'il avait mal au bourrichon. Il allongea ensuite ses jambes en dessous de la table et se mit à réfléchir durant une longue minute de silence, les mains croisées derrière l'occiput, vrai comme je vous parle. Ses yeux étaient comme ceux des chouettes, vastes, avec de la lumière debout à l'intérieur. Il dit alors en se penchant vers moi, avec la voix que l'on a dans certains rêves, quand on parle à quelque chose qui n'existe pas :

— Est-ce que tu sais que ton père était riche ? Fabuleusement riche ?…

Je désignai du nez mon sac de sous. Je le laissai tirer les conclusions. La vérité est que depuis quelques instants j'éprouvais le besoin de me retrouver dehors.

Je supporte difficilement d'être longtemps dans une maison, même la mienne, même le hangar à bois avec le Juste Châtiment qui sidérera le monde, et la nuit pour dormir il m'arrive de m'étendre dans la campagne, la figure toute mouillée des étoiles des champs. Cette sensation me revient en souvenir car je suis toujours dans le hangar à bois en train d'écrire ceci et je commence à ne plus pouvoir tenir, j'ai l'impression que je vais me mettre à hurler, mais il ne faut pas.

L'inspecteur m'a dit que j'ignorais sans doute aussi que ce qu'il nommait ma famille, nous étions un véritable mystère pour mes semblables du village. Personne ne savait au juste ce qui se passait de notre côté de la pinède, paraît-il, et on racontait toutes sortes d'histoires, ah la la, les langues sales. Il crut m'apprendre en outre que père était l'homme le plus puissant de la région, comme si je pouvais ignorer une chose pareille, et c'est pourquoi, poursuivit-il, on n'aurait jamais osé contredire ses ordres. Sauf invitation expresse, personne n'avait le droit de s'aventurer dans notre domaine, toi! Pas même le curé.

— J'en sais quelque chose, le maire m'a sermonné durant une heure quand je me suis présenté chez vous le printemps dernier, à mon arrivée dans le pays. Tu te souviens de moi? Je t'ai parlé… Mais au fait comment t'appelles-tu?

— Frère m'appelle frère, et père nous appelait fils quand il nous commandait tout la veille encore.

— Et comment faisiez-vous pour savoir auquel des deux il s'adressait?

— La plupart du temps l'un ou l'autre ça lui était indifférent. Mais si on se trompait vraiment, si c'était moi qui me présentais à son appel alors qu'il voulait que ce soit frère, il disait : « Pas toi, l'autre », tout simplement, ça n'a jamais posé de problèmes à personne.

— Je vois.

Il voyait ! Monsieur voyait ! Je vous demande un peu ! Il y en a, je vous jure, comme aimait à dire mon père quand il parlait du temps où il était beau gosse. Mais monsieur le secrétarien de poèmes ne s'arrêtait pas pour si peu, pensez-vous, et les bornes furent franchies quand ce culotté m'asséna avec son sans-gêne :

— Tu voudrais bien que je te donne un nom pour moi tout seul ? Sauvage. Je t'appellerai sauvage. Ça va bien avec ton parfum d'herbe et de pluie. Moi, c'est paul-marie. Si tu veux bien.

Je vais vous dire, sauvage a une frange sur le front, ce n'est que là que papa coupait mes cheveux, il prenait le couteau de cuisine environ à chaque début de saison, et tranchait, mais le reste de mes cheveux est très long et très noir et très abondant, et il est vrai très odorant, et l'inspecteur des mines en me souriant avec des envies dressées comme des bougies dans ses prunelles, a pris une mèche de mes cheveux qui me chatouillait la joue et l'a repoussée d'un geste doux vers mon oreille. Je ne fis ni une ni deux et je la replaçai à l'endroit exact sur ma joue où elle était très bien merci. Cela le fit rire. Il a approché davantage sa figure de la mienne. Et là, que voulez-vous que je vous dise, c'est parti tout seul, je n'ai pas d'autres explications, je lui logeai un long coup de langue sur la joue, qui le surprit tant qu'il recula sur sa chaise.

Il s'essuya la joue du revers de la main, non pas d'un geste vif et énergique comme si la chose l'eût dégoûté, mais avec une sorte de tendresse étonnée, comme papa caressait la chevelure de mon frère après avoir fait déferler sur lui un ouragan d'horions qui l'avait laissé par terre au milieu des potirons. Je n'ai aucune idée du regard que je pouvais alors poser sur l'inspecteur des mines, mais cela devait valoir son pesant de petites foudres, je ne sais pas si je me fais bien comprendre.

— Je vois… (Il voyait encore!) Tu es une petite chèvre sauvage, c'est ça?

Il avait un sourire sardonique en disant cela, si je sais bien ce que sardonique veut dire, mais je voyais bien sa pâleur verte, et la crainte intense qu'il y avait dans ses beaux yeux bleus, parce que je ne sais pas si j'ai oublié de le dire, mais l'inspecteur, la petite chèvre sauvage trouve qu'il a des yeux de chevalier en braquemart, comme on dit en parlant d'une armure sophistiquée, si ma mémoire ne me joue pas de tours.

Je ne peux pas en tout cas expliquer comment la chose s'est faite par la suite, vraiment, comment il s'est retrouvé debout tout contre moi tout à coup, il y a des catastrophes ici-bas, et des meilleures, qu'on ne comprendra jamais quoi qu'on fasse, mais mes dents mordillaient sa joue et je léchais son nez, son front, ses paupières, ses cheveux débordant de mes mains. Je sentais courir ses paumes sur moi, comme s'il voulait me prendre par tous les bouts à la fois, il me serrait comme pour m'enfoncer à l'intérieur de sa personne pleine de bonnes odeurs de cèdre, de céleri et de sapin, et moi je mourais à chaque fois et j'avais envie de mourir encore, et que ça recommence à chaque instant pour toujours, mais cela fut bientôt au-dessus des forces de la petite chèvre, qui resta là, molle, morte, bras ballants, bouche débordante, la saveur salée de la peau d'un chevalier sur sa langue.

Alors pourquoi m'a-t-il soudain saisi par les poignets? Il a reculé d'un pas, il faisait une mine épouvantée : « Il ne faut pas! » dit-il, et c'était un chuchotement effrayé, je pèse mes mots. Je libérai mes poignets de son étreinte, je n'avais plus toute ma tête, elle vagabondait toute seule je ne sais où, la petite chèvre s'est étendue sur son ventre un peu bombé, à ses pieds, et je souhaitais qu'il s'étendît sur moi de tout son poids, de tout son long et de toute la dignité de sa personne en parlant près de mon oreille sans bouger, mais il s'est comme jeté à l'autre bout de la pièce, on aurait dit qu'il voulait fuir, et ce fut, comment dirais-je? ce fut très exactement comme si on me plantait un poignard en plein cœur, ou bien mon nom n'est pas sauvage.

Et comme je suis une petite chèvre farouche, même dédaignée, même ratée puisqu'on ne veut pas se donner la peine pour mon bonheur d'exister quelques instants étendu sur mon dos de toute sa personne, je vais appliquer aux mots le genre des putes et les accorder en conséquence, même si je demeure le fils à mon père et le frère de mon frère, selon la religion. Je veux dire que je dirai la suite de mes chagrins et lamentations en parlant de moi comme si j'étais une sainte vierge, avec enflures et ruisseaux de sang saisonniers, cela désennuiera ma détresse, mais ici je dois marquer une pause pour expliquer quelque chose : le hangar où j'écris, dit aussi le caveau.

Je me suis réfugiée dans le hangar où j'écris parce que mon frère a été touché par la grâce et que cela l'a rendu comme fou, c'est ainsi que ça se nomme, et j'ai pris peur. J'ai peur aussi parce qu'il y a le soupirail à carreaux extraordinairement sale dans le caveau où j'écris et que j'ai pu en nettoyer un petit coin en frottant avec mon petit poing, ce qui m'a fait apercevoir quelqu'un qui s'amène à l'instant sur le chemin et je ne sais pas encore qui c'est tellement il est loin, mais c'est peut-être un cheval et c'est peut-être un chevalier, ou c'est peut-être seulement le quêteux sautillant comme une pie sur son manche. J'ai comme des envies de me mettre à hurler, peuchère, mais il ne faut pas. Cet éclaircissement fourni, qui me libère la poitrine où je commençais à étouffer, revenons à mon histoire d'amour avec l'inspecteur des mines à l'hôtel de ville, puisqu'il faut bien appeler un chat un chat.

L'inspecteur est revenu vers moi qui étais toujours étendue, de toute la dignité de ma longueur, et il m'a dit de ne pas rester là comme une asperge bouillie et de me relever, d'une voix pleine de pitié et de douceur, mais je vais vous dire, à ce moment-là, moi, la pitié, je l'avais bien loin quelque part. Je réfléchis un instant en regardant ses émouvantes chaussures, grosses comme des armes à feu, à savoir s'il valait encore la peine de recommencer à vivre après avoir subi un tel assaut de méprisement. Je ne sais pas si le mot existe, mais il le mériterait. Grand mépris, grande méprise, si vous voulez mon avis. J'ai fini par me mettre sur mes pieds et puis tant pis. S'il fallait trouver des raisons avant de continuer à respirer, la terre serait nue comme un œuf. J'ai des ongles qui sont durs et acérés comme des clous, je les lui plantai en dessous de l'œil, à mon beau chevalier, et tirai vers le bas, vrai comme je suis. Il m'attrapa le poignet et cette fois-ci il serra très fort comme pour me faire du mal lui aussi, genre prêtre. J'ai vu se répandre sur sa nuque les plaques rouges de la grande émotion, qui n'étaient pas sans me rappeler celles qu'avaient père et frère une fois par année quand on riait ensemble en tenant à peine debout à force de boire du bon vin, c'était pour fêter le vendredi où jésus est mort. L'inspecteur avait trois belles lignes de sang, filles de mes œuvres, qui perlaient sur sa joue. Il me considérait en soufflant très fort, je voyais bien qu'il avait une trouille satanée.

— Mais tu es une véritable sorcière…

Je projetai ma tête vivement contre la sienne, vraiment comme part un coup de canon, la langue toute sortie, pour lécher le sang sur sa figure, dont j'avais grande envie. Il jeta le buste en arrière. Il m'obligea, brutalement est le mot, à me rasseoir sur mon siège. Je ne pouvais pas résister mais je serrais les sourcils et les dents. Monsieur voulait m'en imposer à son tour car il se mit à parler très vite. Il n'osait pas me regarder dans les yeux cependant, et je voyais bien que je triomphais, toute asperge bouillie que j'étais.

Je ne savais pas ce qui m'attendait, pauvre petite, disait-il. Tout allait changer maintenant pour frère et moi. Il y aurait tout plein de problèmes avec la succession, mais ça, il imaginait que ça me passait trois cents pieds au-dessus de la tête, hein? (Je fis oui.) Chose certaine, père ne serait plus là pour nous protéger, continuait-il. La justice se saisirait de l'affaire, etc., nous allions être, mon frère et moi, à la merci de tous ces gens.

J'ignore qui étaient pour lui tous ces gens, mais il les désignait du pouce comme s'ils se tenaient invisibles quelque part dans la pièce. J'ignore aussi qui pouvait être cette justice, dont il faisait fracas, ou quoi. L'inspecteur m'a alors porté le coup de grâce en disant d'un air à vous faire un trou comme ça dans la poitrine :

— Je doute qu'il vous soit possible, à ton frère et à toi, de continuer à vivre dans votre domaine.

En un éclair je fus hors de la salle. Je courais à tâtons, en me tenant le ventre, comme s'il allait déborder et, vers la sortie de l'immeuble, c'est comme ça que ça s'appelle, l'inspecteur des mines m'a rattrapée.

— Je vais essayer de t'aider, je te le promets, fit-il en cherchant ses poumons. Je ne sais pas encore comment, mais je vais essayer. Je vais tâcher pour vous de gagner du temps jusqu'à demain, je leur dirai que je t'ai fait promettre de revenir avec ton frère, je ferai tout ce qu'il m'est possible pour qu'on rebâtisse votre maison…

Je ne sais plus ce qu'il a dit après parce que j'étais disparue. Je parcourus le village à toutes jambes autant que possible jusqu'à l'orée du chemin qui traverse la pinède où je retrouvai cheval qui m'attendait. Je garrochai, c'est bien le mot, le sac de sous dans le fourré et jetai trois crachats conjuratoires par-dessus. Je me frottai le cuir chevelu avec mes poings frénétiquement, comme si je voulais en faire tomber les petits démons. Je soufflai enfin, un peu rassérénée. Cheval avait pris entre ses dents la bêche que j'avais abandonnée contre un arbre en m'en venant, il me regardait avec son regard inquiet, je lui racontai tout. Je voyais bien qu'il souffrait lui aussi et qu'il pleurait dans ses yeux ronds. Je lui dis de partir devant moi pour arriver plus vite à notre domaine et rassurer frère qui devait commencer à se tourmenter pour mourir en voyant fuir le jour sans nous.

Tout cela m'avait épuisée et désemparée, et j'avançais avec la sensation que tout allait s'effondrer dans ma tête, dans une avalanche de cendres. Et je me sentais fourbue, avec des mals de cœur, comme si j'étais toute de travers dans ma santé. Je m'arrêtais pour rompre de petites branches que je piquais dans mes longs cheveux, et que je recourbais pour m'en faire une couronne d'épines, puis je marchais d'une façon qu'on aurait dit que je dansais malgré ma tristesse. Mes mains sont pleines de grâce, je ne sais pas si j'ai oublié de le dire, semblables aux vagues d'ovembre sur l'étang, car je connais aussi le nom des mois, tous mes amis sont des mots. Je m'étonne toujours de constater qu'une fois la première rafale passée, je suis capable d'une telle indifférence à ce qui peut m'arriver de terrible ici-bas, c'est dans mon caractère, comme. Je tourne lentement sur moi-même avec ma jupe amie de saturne qui est ma planète, et je ris sans que ça paraisse dans le petit autel de mon silence, pareille comme elle. Mes pieds vont légers à l'exemple des oiseaux qui font leur vol autour de mon corps et qui ont la couleur de mes yeux, car tous les oiseaux valsent avec moi, c'est mon secret, même ceux qui sont à l'autre bout de la terre. J'ai souvent rêvé de pouvoir danser sur la cime des pins à la manière des elfes, tiède et légère comme la flamme des bougies, des jets de poudre d'or s'échapperaient de mes mains pour étoiler la campagne, j'étais née pour ça, mais je ne peux pas. Et là, je vais vous dire, j'aurais voulu ne jamais rentrer, ne jamais revenir, demeurer à jamais dans le chemin de la pinède, entre domaine et village, être la divinité discrète de la distance qui sépare toutes choses, la petite fée des sentiers qui ne mènent nulle part. Mais je pris mon courage à deux jambes et poursuivis ma route. Je trouvai ce faisant la force de résister à la grande tentation que j'ai souvent de me mettre des choses très profond entre les cuisses, sur ma peau, et parfois même de pousser vers l'intérieur, de l'herbe par exemple, des boutons de fleur, ou des cailloux ronds et doux comme un regard de cheval. D'autres fois, je prends mes enflures dans mes mains et je les presse jusqu'à la douleur, car il faut bien que quelqu'un s'en occupe durant que je suis là, la tête ailleurs, à vagabonder dans tel pays de mes rêves, où tout est à la convenance de mon cœur, et où j'ai le chagrin de ne pas exister. Le malheur arrive toujours à n'importe qui, que voulez-vous, c'est une loi de l'univers.

Tout cela pour dire que, à la nuit tombée, quand je remis le pied dans notre cuisine, je fus fort étonnée, dans l'état d'esprit où j'étais, de trouver scie en main mon frère qui s'apprêtait à découper la dépouille de papa en morceaux.

SECONDE PARTIE

Il y a quelque chose qui existe partout dans l'univers à ce que j'ai lu, ce sont les vases communicants, et comme c'est vrai. Car il arrivait que papa ait la main pesante avec ses horions, et mon frère écopait comme du bois vert, et c'est moi qui subissais mon frère ensuite, c'est ce qu'on appelle les vases communicants. Mon frère est un petit peu plus petit que moi, mais je ne sais pas, on dirait qu'il est fait en caoutchouc dur. Quand il me fond dessus, rien à faire qu'à rentrer la tête dans les épaules et prier le temps de passer au plus vite. Mon père ne me rentrait à peu près plus dedans dans les derniers temps de son terrestre séjour, je dois même à la vérité de dire que la dernière fois remonte à lurette, si ce n'est davantage. Depuis, pour moi, il ne disposait que de petits horions d'impatience ou de pure forme comme pour ne pas perdre la main et me rappeler que j'étais son fils, et je dois aussi à la vérité de dire que les horions qu'il m'adressait faisaient pâle figure auprès de ceux qu'il administrait à frère, ce que frère voyait bien, qui ricanait dans son coin avec une amertume sinistre, car mon frère est d'un naturel envieux, je pense que c'est son pire défaut. Il faut dire que papa me considérait comme la plus intelligente de ses fils, comme je crois l'avoir écrit, et que j'étais sage le nez dans mes dictionnaires, ou quand je cueillais des fleurs en chantonnant tout bas la musique des fées, les églantines sont jolies dans la boue près des potirons, je ne passais pas mon temps à jouer avec mes couilles comme qui vous savez. Il y avait enfin que moi je ne frappais personne, ce n'est pas dans mes habitudes, à moins que la petite chèvre ne soit animée d'une sainte colère, comme vous avez peut-être la bonté de vous en souvenir, ô mon bien-aimé par mes ongles grafigné. Tout cela pour dire que ce n'est qu'équité si frérot se retrouvait plus souvent qu'à son tour étendu comme décédé dans l'arrière-cour de la maison parmi les pommes de terre en robe des champs.

Et pour dire aussi que, quand j'ai vu quel genre de coton il filait comme ça avec une égoïne à la main, je ne me suis pas sentie intéressée, pour le moins, et j'ai essayé avec de la douceur féminine de lui calmer le bolo et le séduire à m'expliquer, avant de le faire, pourquoi il semblait tant tenir à découper papa en différents morceaux. Savez-vous ce qu'il m'a répondu? Il m'a répondu:

— Il faut réduire papa en cendres avant de l'enterrer.

Cheval est comme moi et n'a pas de couilles, au cas où j'aurais oublié de le mentionner, mais il avait encore la corde que j'avais entourée comme une sangle autour de son ventre pour pouvoir ainsi traîner la boîte à trou satanée, et dont l'extrémité lui pendait toujours entre les jambes comme une bite. Car cheval avait pénétré à ma suite dans la maison, ce qui était un fait sans précédent et qui montrait bien que quelque chose commençait à tourner de travers au royaume du danemark. Il était couché sur le côté et la moitié de son gros ventre aplati sur le plancher augmentait le volume de l'autre moitié, si c'est bien ce que je veux dire, et on songeait à la poitrine de papa à la douce époque où il respirait encore. La soudaine et tout à fait inhabituelle justesse de raisonnement de mon frère me laissa comme deux ronds de flan, peuchère.

— Tu es parti chercher un cercueil au village. Et où il est, ton cercueil?

— D'abord ce n'est pas mon cercueil, mais le cercueil de papa. Ensuite, je n'ai pas pu en trouver un.

Frère ricana comme je ne l'avais jamais entendu ricaner, et ce n'est pourtant pas les occasions de l'entendre ricaner qui m'avaient manqué jusqu'alors. Il s'interrompit tout net et me darda des yeux très durs, les paupières plissées, les pupilles pleines de choses écrapouties:

— On n'a pas de boîte assez grande pour mettre papa à l'intérieur, dit-il, et c'est ta faute.

Je fais un air scandalisé.

— Oui, ta faute! Alors on va le brûler. On va prendre ses cendres, si tu vois ce que je veux dire, et on va les mettre dans son pot à piments forts pour l'enterrer dedans avec. Maintenant, as-tu vu la grosseur de notre fourneau? Essaie donc d'entrer la dépouille d'un disparu là-dedans pour voir!… On va être obligé d'y aller petit feu par petit feu.

Et déjà les dents de l'égoïne étaient posées sur la cuisse de papa. Écoutez, on s'affolerait à moins.

— Non arrête! On ne peut pas faire ça!

— Tu as une autre solution peut-être?

Et l'égoïne qu'il agitait près de ma figure ondulait en produisant une musique qui m'aurait donné envie de pouffer en d'autres temps et d'autres mœurs.

— Ensuite nous allons prendre tous ses papiers, et la boîte de fées à effets magiques, et nous allons les enterrer avec. Et le Juste Châtiment aussi, si tu veux m'en croire. On va jeter tout ça et le Juste Châtiment dans le même trou!

— Le Juste Châtiment?

Il ne pouvait pas faire ça. Il ne pouvait pas faire ça.

— Mais nous allons perdre l'usage de la parole!

Par bonheur la dépouille de papa était rendue comme de la pierre, la rigidité de ce matin était de la bière d'épinette à côté de ça, et je savais que mon frère avait le fonds paresseux et se découragerait vite à pareille tâche. Seul un peu de sang écœuré commença de baver, d'une couleur déjà bizarre, épaissie, ça n'avancerait pas vite, quoi, et ça me laissait un peu de temps pour avoir une illumination, si cela mérite ce nom, et que j'eus d'ailleurs enfin.

— Ils vont venir en bandes sur nos terres! Des hordes entières de semblables! Ils vont tout nous prendre et nous ne pourrons plus habiter dans la cuisine.

Ça l'a paralysé aussi sec.

— Qu'est-ce que tu dis ?

Il y a des circonstances qui sont hors de notre contrôle où il faut bien répéter ce que l'on vient juste de dire, je m'en excuse auprès des mots. Je répétai à peu près textuel le paragraphe d'en haut.

Frérot était devenu tout pâlichon.

« Je vais t'expliquer », dis-je, et je profitai de sa stupeur pour lui enlever l'égoïne de la poigne. Il se laissa guider sans mot dire, la mâchoire pendante, à petits pas abasourdis et dociles, comparables à ceux de papa quand il venait de se frapper le crâne à plusieurs reprises sur un tronc d'arbre en guise d'exercice. J'entraînai frérot dans la bibliothèque.

Des dictionnaires, je crois bien qu'on en a plus qu'il n'y a de pins dans la pinède, peut-être même plus qu'il n'y a d'épines aux branches des pins de tous les pins de la pinède, des myriades si ça se trouve. Je ne sais pas si j'en ai lu la moitié, et pourtant j'en ai lu. Je me dis toujours que je finirai bien un jour par les avoir tous dévorés, enfin ceux qui ne sont pas pourris et ne se décomposent pas entre mes mains comme un bloc de farine humide, mais rien à faire, je reviens toujours à mes préférés, qui sont ceux qui parlent des chevaliers splendides avec leurs habits étincelants comme des cuillères, et l'éthique de spinoza, qui est à n'y rien comprendre, comme les grandes vérités, pour ne parler point des mémoires du duc de saint-simon. Je ne sais non plus où diable se sont déroulées toutes ces histoires, dans quels pays étranges, je n'arrive pas à croire que cela a pu se passer sur terre, d'après ce que j'ai pu voir de cette dernière, surtout maintenant que j'ai pu vérifier de visu à quoi ressemble le village, qui m'est apparu bien peu de chose, à comparer à mes imaginations, mais j'entre en valse quand je lis le duc de saint-simon. Ça tourbillonne dans l'ombragé le plus total au fond de ma tête, comme des fracas d'armées fantômes qui se dissipent en fumée, car la petite chèvre n'arrive à saisir que quelques bribes simoniaques, mais j'ai la poitrine qui me monte au ciel toutes affaires cessantes en le lisant, et zou. Par exemple — le roi pour éviter toutes disputes et toutes difficultés supprima toutes cérémonies : il régla qu'il n'y aurait point de fiançailles dans son cabinet mais qu'elles se feraient tout de suite avec le mariage à la chapelle pour éviter la queue qui ne serait point portée en cérémonie mais par l'exempt des gardes du corps en service auprès de la princesse tout comme il la portait tous les jours et que le poêle serait tenu par l'évêque nommé de metz premier aumônier en survivance de son oncle et par l'aumônier du roi de quartier qui se trouverait de jour et ce fut l'abbé morel, que mgr le duc de bourgogne donnerait seul la main à la princesse tant en allant qu'en revenant de la chapelle et que passé monsieur le prince aucun prince ne signerait sur le livre du curé — est une phrase de saint-simon, et si j'ai jamais appris quoi que ce soit comme secrétarien, je le tiens du duc, à sa langue fulminante et autres histoires impensables, à sa phrase qui jette à sa cime comme des pets de bûche qui brûle, je vous prie de me croire, si on voit ce que je veux dire.

La pluie qui sourd du sol et qui n'en finira jamais, a déjà fait son œuvre d'une partie des dictionnaires, c'est un long et lent et inexorable travail d'invasion de la moisissure et de l'humidité qui s'exerce sur notre domaine, et les dictionnaires meurent de leur belle mort, comme le reste, pourriture ! fais ton office. Il faut pratiquer son chemin au milieu des amas de bouquins, c'est ainsi que ça se nomme, qui s'élèvent jusque par-dessus nos têtes, à mon frère et à moi, et faute d'avoir connu les beaux pays des chevaliers et de jésus, marcher ainsi parmi les monticules de dictionnaires est ce que j'ai connu de plus enivrant jusqu'ici sur cette planète, exception faite du tout petit moment où nous avons mis nos transports en commun et que vous avez daigné me serrer contre votre poitrine et que ma langue s'est promenée sur votre figure, ô mon preux, ou bedon des fois où je danse avec mes poupées de lumière, comme on verra.

Mais bon, il n'était pas question que cheval nous suive jusque-là, il y a toujours bien des limites. Je le lui interdis d'un regard, et il est demeuré sur le seuil à faire pitié avec ses yeux vairons. Cheval il ne lui manque que la parole, et encore, ça dépend de ce qu'on appelle la parole. Nous nous assîmes, frère et moi, sur d'antiques oreillers recouverts d'anciens rideaux de velours qui ornaient, paraît-il, au temps de la splendeur d'avant notre terrestre séjour, les hautes fenêtres aux carreaux brisés de la bibliothèque par où entrent vents et grêles et flocons de neige en essaims, et ces antiques oreillers, et cet ancien rideau de velours, étaient mon lit, les fois où je ne dormais pas à la belle étoile, comme je me rappelle l'avoir écrit. J'entrepris d'expliquer à frère ce qui s'était passé au village, voir ci-haut, en omettant cependant certains détails qui pouvaient nuire à ma pudeur, et les questions qu'il me posait étaient si bizarres et s'attardaient à tant de détails, et de détails si insignifiants, que je m'y perdais moi-même par moments, et ce fut long comme trente-seize jours de pluie, mais il finit par saisir l'essentiel, que je lui fis répéter comme une leçon pour être bien sûre qu'il avait bien compris la nature du pétrin où nous nous trouvions. Ensuite il n'a plus dit pain. Il avait attrapé une bouteille de bon vin, car père avait toujours tenu à ce que ce dernier soit emmagasiné dans la bibliothèque, allez savoir pourquoi, et frère se mit à en boire au goulot et à regarder devant lui avec un air d'être en train de prendre de graves décisions à conséquences tous azimuts. Je sais ce que le bon vin peut faire à une tête, et je trouvais que ce n'était vraiment pas le moment.

— Nous ne sommes pas le vendredi où jésus est mort, fis-je sévèrement.

— Et comment il fait, monsieur la jupe, pour savoir ça? dit-il frondeur, croyant bien me désarçonner.

— Eh bien d'abord où est le bouc? Ensuite le vendredi où jésus est mort tombe toujours à l'époque où l'étang a commencé à dégeler.

Et disant cela, je me répétais pour la ixième fois que ce ne devait pas être un cadeau du bon dieu que d'être obligé de mourir comme ça à date fixe chaque année. Moi, en tout cas, quand ça m'arrivera, je n'irai pas par quatre chemins, c'est d'un seul coup un seul que je passerai l'arme à gauche, à la papa.

Mon frère haussa les épaules pour bien montrer qu'il s'en battait le trou. J'ai voulu lui dire que l'heure ne se prêtait pas à rouler par terre en riant comme un cochon comme nous le faisions à l'exemple de père toutes les fois où on se lançait dans le bon vin, mais il m'a dit cette chose qui m'a tout de même fait quelque chose, savez-vous ce qu'il m'a dit ?

— Fiche-moi le camp avec tes enflures !

Fiche-moi le camp avec tes enflures, ce sont là les paroles de tendresse auxquelles m'a habituée mon frère qui était avant de vous connaître le seul être sur terre dont la petite chèvre sauvage ait tenté d'être amoureuse. Mais lui, je n'ai jamais eu même la moitié d'une envie qu'il s'étende sur mon dos, et ce n'est pas de sa part faute d'avoir ça dans l'idée, si on voit ce que je veux dire. Des fois je me dis qu'avoir gardé ses couilles, c'est se croire tout permis, chassez le naturel il revient à l'épouvante. Peuh. Mais ce sont peut-être les dictionnaires de chevalerie qui me sont montés au bourrichon, et m'ont fait trop attendre de l'amour possible ici-bas au domaine.

J'abandonnai mon frère au sinistre conciliabule qu'il tenait avec lui-même. Je m'équipai d'une lampe à pétrole et fichai le camp avec mes enflures. Je traversai les corridors en tentant de faire le point sur l'état de l'univers. J'avais pris le grimoire avec moi. Je savais qu'il me fallait me bombarder au plus sacrant dans cet ouvrage et raconter toutes ces choses extravagantes qu'il nous arrivait à mon frère et à moi depuis l'aube, mais j'avais la tête qui tournait dans le mauvais sens, je n'avais rien avalé de la journée, sauf certaines herbes, des champignons amis et quelques fleurs passées que j'avais ramassées sur mon chemin en traversant à l'aller comme au retour la pinède, je ne sais pas si j'ai oublié de le mentionner, ce sont là mes expédients. Il ne m'en faut guère plus d'ordinaire pour me soutenir jusqu'à la tombée, avec de la mie de pain de pierre, mais la journée avait été désemparante, je me sentais un peu de travers dans mon corps, et je promis à celui-ci qu'avant l'aube je m'obligerais à avaler deux pommes de terre. Le corps est un gouffre, tout est nuit noire par en dedans.

La galerie de portraits, ça c'était sans doute ce qui avait été le moins endommagé par la moisissure souveraine. Les images étaient soutenues dans des cadres accrochés aux murs, il devait y en avoir plus de deux fois les dix doigts des mains. J'en aimais certaines beaucoup, qui montraient des paysages que vous ne pouvez pas imaginer tant ils ressemblaient peu à ce que j'avais connu jusqu'ici ici-bas sur cette planète de vieilles montagnes. Il s'y trouvait aussi des images de personnages très graves, qui semblaient tous se ressembler, comme si c'était toujours le même avec des costumes qui changeaient, le même nez vraiment, partout, et sous chacun on lisait des noms différents, avec des dates qui n'avaient aucun sens tellement elles remontaient loin à comparer aux dates inscrites dans notre grimoire, mais toujours cette même inscription sous chacun des portraits : soissons de coëtherlant. Il y avait des putes aussi, et des saintes vierges, qui s'appelaient des marquises, si j'ai bien compris, et puis des comtesses, et selon toute apparence moi aussi je serais une pute de soissons, l'évidence m'en a tout à coup sauté à l'esprit comme un tigre, ça parle au diable, me disais-je, j'aurais pu être dans les mémoires de saint-simon.

Cheval me suivait et s'attardait devant certains cadres, perplexe ou désabusé. Je ne sais incidemment pas quel âge cheval pouvait avoir de son vivant. On croit connaître les êtres et on ne connaît pas même leur date de péremption. Selon toute apparence papa l'avait pétri bien avant de nous pétrir nous-mêmes, mon frère et moi, si tant est qu'il l'ait jamais pétri, père et cheval ont peut-être toujours été ensemble depuis que l'éternité existe, comme des modes corrélatifs exprimant une même essence, si l'on se fie à l'éthique. Ce ne sont là que suppositions et consorts, toutes barbouillées de religion. Je me penchai avant de sortir de la galerie de portraits parce qu'il y avait quelque chose par le plancher que je n'avais jamais vu avant et qui m'intriguait. Ce n'était rien. Le cadavre desséché d'un raton-laveur, la patte prise dans un piège à con.

Et je faillis piquer du nez en me prenant le pied dans les parties, je veux dire dans les chaînes. Je m'explique. Sous la porte nord de la galerie de portraits, des chaînes étaient vissées aux pentures, de telle sorte qu'on puisse, si on le désirait, y attacher quelqu'un les bras en croix et les jambes écartées. La personne ainsi enchaînée aux chevilles et aux poignets ressemblait à un x, s'il faut appeler un chat un chat. Papa était cette personne.

De temps à autre, il nous ordonnait de l'attacher ainsi, et ce n'est pas tout. Il fallait qu'en même temps frère pousse de tout son poids dans son dos, de manière à lui étirer au maximum les bras et les cuisses, ce ne devait pas lui faire du bien, je pense, à l'âge qu'il avait, à en juger aussi par les craquements. Moi il fallait que, au point limite de l'élongation musculaire, si c'est comme ça que ça s'appelle, je me place devant et frappe son ventre nu avec une guenille mouillée. On entendait des drôles de bruit dans son thorax, je n'aimais pas cela, et toujours je pleurais quand papa nous forçait à lui faire ça. Ensuite il nous suppliait de le détacher, mais il ne fallait pas que nous le détachions, voilà comme il nous torturait. S'il nous avait sommés de ne le décrocher qu'à la tombée, nous devions attendre la nuit pour le décrocher, peu importe ses supplications, il nous en avait fait la recommandation expresse. Notre devoir filial nous imposait de respecter la consigne, gare aux horions. Suspendu comme ça à ses chaînes, papa criait des insultes aux personnages pleins de morgue qui se tenaient encadrés dans leurs portraits de la galerie et dont j'ignore encore ce qu'ils avaient bien pu lui faire pour s'attirer ainsi ses bénédictions, mais manifestement ils s'en battaient le trou. Moi j'avais pitié et mes larmes se mêlaient à mes cheveux odorants. Mon père avait de curieux exercices. Dire que tout cela ne reviendra plus.

Passé cette porte, on se trouvait sur un vaste mire-à-tout où immanquablement mes regards portaient au loin vers le pire endroit du domaine dont l'accès du vivant de père nous était interdit et où j'allais autant de fois qu'il m'était possible, surtout le soir quand j'avais un poids de mélancolie. C'était une pièce si gigantesque que deux cents de nos semblables auraient pu agiter les coudes comme lorsque frère et moi nous nous amusions à imiter des poules, sans que leurs coudes ne se touchent, me croira qui veut, mais on peut vérifier, c'est historique. Mon frère avait la trouille satanée d'y venir car il s'y promenait toujours une rumeur, surtout le soir, rumeur dont je reparlerai, et mon frère est un couillon, au cas où on ne l'aurait pas encore compris. Rien de plus dissemblable de la pauvre cuisine de planches où nous passions l'essentiel de notre terrestre séjour que cette salle toute de marbres, de manteaux de cheminée, de lustres, de fenêtres à carreaux hautes comme trois petites chèvres debout. Oui des lustres, qui pendaient du plafond en épousant la forme des fraises, avec des œils de cristal et des globes où la lumière se prenait et dansait en riant aux éclats qu'elle faisait, vraiment ça pétait de partout, et avec un peu de chance, et de vent, qui pénétrait par les carreaux brisés, cela s'accompagnait d'un gai cliquetis, cristallin comme un poisson. Mais d'autres lustres étaient tombés par le plancher tels des fruits blets, effoirés en grappes sur les dalles de marbre fendillées, et cela faisait songer à quelque mouche éventrée, des œufs plein les entrailles, pourriture ! fais ton office. Et je vais vous dire, il y avait aussi un immense chameau à queue dans lequel on aurait pu aisément enfermer trois morts. Je ne sais pas au juste comment ça s'appelle, c'est l'espèce de table qu'ont tous les chameaux, si je me fie aux illustrations, et qui était toujours relevée chez le nôtre, tel un tombeau ouvert, et comme au plafond au-dessus il y avait une plaie décatie, quand il pleuvait très fort, l'eau de pluie pénétrait par là, tombait sur les cordes tendues avec des sonorités lugubres, et on aurait dit du chopin, je pèse mes mots. Je m'en approchais souvent, avec respect et circonspection, car ce gros meuble noir m'est toujours apparu comme quelque chose de mystérieusement vivant, de rétif et de mal dompté, et je passais craintivement ma main sur les touches blanches du clavier, jaunes comme des dents de cheval. J'aurais bien aimé l'entendre me parler, entendre sa vraie voix d'abysse quand il chantait, peut-être n'était-il pas lugubre du tout, aurait-on daigné le caresser, à mon instar pour ainsi dire, mais jamais papa ne faisait de musique sur ce chameau à queue, jamais, ne me demandez pas pourquoi, et pourtant papa avait la musique dans le nœud.

Tout cela le jour, parce que la nuit, je vous en dirai à l'instant quelque chose, qui n'est pas piqué des vers, mais avant il faut que je vous parle de l'argenterie, c'était le jour ça itou. Elle était alignée dans de grandes armoires incrustées dans les murs, qui montaient trois fois la hauteur de la petite chèvre jusqu'au plafond, même que je devais user d'un escabeau, avec des panneaux de verre aux belles et vives couleurs, toutes en sauts de carpe et en bonds, et c'est pour ça qu'elle avait été tenue à l'abri de la moisissure ambiante, je veux dire l'argenterie. Je me faisais des fêtes parfois, les jours de conjonctures miraculeuses où à la fois il faisait grand soleil, que père était parti trotter au village et que mon frère était quelque part bien loin à l'autre bout du domaine en train de s'amuser avec ses couilles. Vous ne pouvez pas savoir combien il y en avait, il me fallait quatre heures rien que pour les étaler, je parle de l'argenterie évidemment. Je ne sais pas si j'ai songé à l'écrire, mais la propreté ça me rend folle dans le bourrichon, tellement j'aime. Il y avait des cuillères de toutes sortes, de toutes les familles, et des soucoupes et des assiettes et des coupes et des couteaux, je n'en finirais pas si je disais tout ce qui se trouvait enfoncé dans les tiroirs et les armoires de la salle de bal, en or, en cristal, en argent, en verre de bristol, en pierre philosophale, en tout ce que vous voudrez de plus émerveillant. J'examinais chaque ustensile, c'est ainsi que ça se nomme, je n'aurais pas toléré la moindre brume, tout devait étinceler, j'astiquais, j'asticotais, jamais ma jupe n'aura autant servi et à meilleur usage. J'enlevais la poussière et les débris de marbre qui jonchaient le sol, encore ce verbe joncher, et je disposais mes poupées de lumière avec mille et un soins d'amour sous la plus haute des fenêtres où le soleil pénétrait pour venir danser dans ce merveilleux labyrinthe de netteté et d'arêtes éclatantes. Je crois que ces ustensiles, il y en avait bien quarante-cent-cinquante-treize, toutes les fois que j'ai essayé de les compter à mesure que je les rangeais en rangées, ma tête se mettait à tourner dans le mauvais sens et je perdais le chiffre tellement il y en avait combien, sur mon cœur. Il m'arrivait de valser tout autour, mes pieds nus sur la froideur des dalles amochées. Mais la plupart du temps, les bras étendus tel un engoulevent, je restais debout à les contempler, sans bouger plus qu'une souris apeurée, et je sentais toutes les tristesses et les désemparements tomber de mes ailes, comme au printemps tombent des toits les stalactites de glaçons, que père de son vivant appelait des tsoulala, car il avait été missionnaire au japon à l'époque où il était beau gosse, ne me demandez pas où ça se trouve, quelque part de l'autre côté de la pinède.

Mais le plus étrange dans la salle de bal, c'était la nuit, comme je m'en vais en donner la preuve par mes souvenirs. Papa, vous savez comme il est, les soirs où il pleurait en regardant des daguerréotypes, ainsi que ça se nomme, nous pouvions faire mon frère et moi ce que nous voulions, sauf déclencher des incendies évidemment. Je veux dire, quelqu'un aurait pu faire éclater des pétards à la farine sur sa droite, là où pascal avait un gouffre, papa n'en aurait pas pour autant détaché les yeux de ses larmes qui lui tombaient une à une du bout du nez sur ses poignets taveleux, c'était un de ses exercices, je crois. J'en profitais pour m'échapper vers la salle de bal. On doit à la vérité de dire qu'il faut pour s'y rendre le soir traverser une tranche de nuit car la cuisine de notre terrestre séjour qui faisait face aux champs en friche, jouxtant tout juste la bibliothèque et la galerie de portraits, allez savoir pourquoi, toute en planches et en bois rond, que père avec notre aide chancelante avait accomplie et construite de ses propres mains et des nôtres, il y a déjà de cela bien des pompons, je crois bien que, à l'époque, j'avais encore entre les cuisses tout le bataclan, c'est vous dire, cette cuisine se trouvait à une soixantaine de jambes des dépendances derrière les tours où s'étendait la salle de bal. Il fallait aussi traverser à gué parmi les bêtes endormies la souille à cochons, car il y avait aussi une souille chez nous, je ne sais plus si l'idée m'est sortie de la tête de l'écrire. On marchait dans les poules mortes bien souvent, durant une douzaine de jambes, si on était parvenu à se dépêtrer de la souille. Quant aux écuries, on n'en parlera pas, il y avait lurette que plus personne ne bougeait là-dedans, et ce n'est pas cheval qui s'y serait aventuré, m'en croyez, rien que pour ouvrir les portes il aurait fallu des canons.

De cette distance, si on faisait volte-face, nous n'apercevions pas, même de jour, la cuisine de notre terrestre séjour, tellement elle était insignifiante écrasée entre la bibliothèque monumentale et la galerie de portraits. Je faisais une petite halte au pavillon de fleurs, ainsi nommé parce que les mauvaises herbes amies y poussaient partout, en désordre et délire. Un balcon aussi, où j'allais, accroché comme un tambour à l'étage, s'allongeait en promontoire au-dessus des fondrières, et la vue portait loin. La pinède s'étendait à perte de regard. Et les montagnes et le ciel gris. Certains soirs à la brunante, l'horizon y était cependant si clair qu'il me semblait que j'allais tomber dedans, jusqu'à l'autre bout du monde, et je détournais la tête, de peur qu'elle ne me parte dans le mauvais sens.

Le manoir enfin. Il avait encore de la mine, à moins d'être délicat sur les détails, genre inspecteur des. On aurait pu y loger une armée et trois empereurs avec leur suite. N'y habitaient plus que les pigeons et des moineaux toujours en train de faire chicane, à l'instar des poules. Deux ailes le prolongeaient en fer à cheval, et au bout de ces ailes, il y avait les tours, comme j'ai écrit. À tout ça s'attachaient des dépendances dont point ne parlerai, il faudrait pour en bien conférer un spécialiste en héraldique, ou en trigonométrie, et j'ai bien des défauts, mais pas ceux-là. Je dirai néanmoins qu'en tirant une droite de chaque extrémité du fer à cheval, se situerait alors, à la jonction des deux, à une vingtaine de jambes de distance, la fameuse salle de bal, dont il est grand temps de parler de ce qui s'y passait la nuit.

J'arrivais et je m'installais discrètement, pour ne pas déranger les ombres dont il sera question, sur les caisses où papa entassait les lingots, et c'est peut-être à cause de ces caisses à lingots, d'ailleurs, que papa nous interdisait à plates coutures de venir dans cette salle. J'orientais d'abord mes yeux vers le fond de la pièce où était le grand miroir lépreux, je veux dire recouvert par plaques de tartre gris-de-vert. Il ne renvoyait plus les couleurs, c'est le lot des miroirs malades. Tout y rebondissait en noir et blanc et cendré, avec une saveur sèche de révolu. On aurait dit un miroir arrêté, comme on le dit d'une horloge, et qu'il réfléchissait non pas le présent du maintenant actuel de la salle, mais les visages de sa mémoire la plus reculée, comme quand le mort saisit le vif, me croira qui peut, mais voici pourquoi.

Une fois que j'avais durant bien longtemps fixé le miroir, et à condition de ne toujours pas le quitter des prunelles, commençait à monter la rumeur déjà mentionnée, et qui était une rumeur de murmures, d'éclats de rire lointains, de soie froissée, d'éventails que l'on ouvre d'une fine saccade du poignet, d'oiseaux qui rêvent en frottant l'aile sur les barreaux de leur prison. J'y avais amené une fois mon frère pour être sûre que je n'étais pas le jouet de ma tête, mais pensez-vous. Il tremblait comme de la gelée à peine la rumeur commencée, et alors, ce qu'il a mis les bouts tout à l'azimut. Je suis restée seule. Tant pis pour les couillons. Moi je n'ai pas peur de ce qui tourne dans le mauvais sens et se met en travers de l'ordinaire du monde, ça vous change de la décrépitude ambiante et de l'entêtement de toute chose à s'user, si c'est bien ce que je veux dire.

Et des figures commençaient d'apparaître dans le miroir convalescent. Un brouhaha de visages, avec le tumulte qui doucement montait. Et des robes en voulez-vous en voilà, et des perruques, et des chevaliers en queue de pie, si ça se trouve, et la cohue se mettait à déborder de la glace dans la salle, qui s'emplissait, s'en envahissait. Je vais vous étonner sans doute, mais à mesure que les figures prenaient forme autour de moi, par-derrière, sur ma droite et sur ma gauche, j'avais l'impression en même temps de m'irréaliser moi-même, je veux dire de devenir invisible peu à peu, je regardais mes mains et voyais le plancher de marbre amoché au travers. Bientôt je n'existais plus. Je n'étais plus que la mémoire de ce bal d'un autre temps, et je vais vous dire, j'avais l'impression que tout cela appartenait à mon enfance la plus lointaine, si j'en ai eu une.

Au sein de la foule, je sentais autour de moi les bras d'une pute, ou d'une sainte vierge, qui fleurait bon, et qui se penchait vers mon oreille pour me dire des choses en riant d'un rire doux, même si je n'existais plus. Et il me semble aussi que, sans que je le visse, papa aussi n'était pas loin. Dieu que cette pute, si c'en est une, sentait bon et tendre et frais, comme un bouquet d'églantines. Et là, tout à la fin, je voyais venir dans ma direction une bambine qui riait elle aussi, et j'avais la sensation très nette que cette bambine avait le même visage que moi, les mêmes rires que moi, sans être moi pour autant, comme une goutte d'eau. Je ne sais si je me fais bien comprendre, mais tout ça, et cette sensation, je n'ai qu'à fermer les yeux pour le retrouver, clair comme la roche, dans mon chapeau. Puis la cohue se dissipait, la rumeur s'évanouissait, je demeurais solitaire et étonnée, entourée d'un silence de fougères que le vent qui entrait par les carreaux perçait de restes de murmures et de tranquilles sifflements.

Je me ramentevais tout cela, en songeant qu'il fallait peut-être que j'y retourne une dernière fois, à la salle de bal, avant que la catastrophe ne nous emporte, tandis que m'en revenais du mire-à-tout de la galerie de portraits vers la cuisine de notre terrestre séjour. J'avais la lampe dans une main et le grimoire dans l'autre, ayant à l'idée de veiller quand même tant soit peu papa sur le tard. Écoutez, vous me direz que ce ne sont que des détails, mais j'enregistre les faits en droiture et simplicité. Quand nous avions couché la dépouille de père ce matin sur la table, je m'en souviens très bien, ses paumes étaient rabattues vers le sol, les doigts un peu recroquevillés, comme un vertigineux qui se cramponne à l'herbe en regardant le ciel parce qu'il a peur de tomber par en haut jusqu'au fond des étoiles inerrantes. Elles étaient dans la même position, ces mains, quand frère avait tâché de réduire papa en morceaux, je me rappelle l'avoir remarqué de nouveau. Or, à présent, les paumes de papa étaient tournées vers le ciel, et ses doigts dépliés, comme s'il recevait les stigmates, etc., je dis la chose comme elle est. À quoi s'ajoute qu'il était maintenant aussi imberbe qu'un melon, la lèvre glabre, pas de moustache, ni de côtelettes, ce qui s'appelle rien, et zou. Pour être le fils à mon père, il faut avoir la couenne dure et ne pas craindre les étonnements, c'est à cela que je voulais en venir.

Avant de rencontrer l'éthique de spinoza, à quoi je n'entends pain, et qui est à mettre le feu aux robes, je me posais quantité de questions qui, aujourd'hui que je suis éclairée, me paraissent bien futiles, et faire pitié, mais qui me revenaient malgré moi à l'esprit, durant que je veillais l'étonnante dépouille de père en essayant de faire le point sur la situation de l'univers, à mon frère et à moi. Je me demandais ce qui allait advenir de nous, moi surtout. S'il nous échoyait de ne plus pouvoir vivre sur nos terres, où diable était-on pour nous emmener, je vous le demande? Et auquel cas, nous emmènerait-on au même endroit, mon frère et moi, ou allions-nous au contraire être séparés l'un de l'autre à jamais, perspective qui me faisait à ce point tourner la tête dans le mauvais sens que je devais m'appuyer des paumes sur mon siège pour ne pas tomber par le plancher, emportée par le poids de mes enflures? On allait peut-être décider aussi de nous enterrer en même temps que papa, qui sait, et peut-être nous ferait-on décéder aupa-ravant pour ce faire, c'est humain, et alors je m'interro-geais sur les moyens mis en œuvre pour nous faire passer, mon frère et moi, en tant que dépouilles, de l'état d'apprenti à celui de compagnon à part entière, si on voit ce que je veux dire.

Et c'est là que me revenaient à l'esprit toutes sortes de questions que je me posais avant de lire l'incompréhensiblissime éthique de spinoza, où j'appris entre autres, pas plus tard que l'an dernier, que la vraie religion doit être non pas une méditation de la mort, mais une méditation de la vie, pourriture! fais ton office. C'était d'ailleurs un des dictons de papa, qu'essayer de comprendre était notre boulot, comme le boulot du gruau est d'être du gruau, je ne sais pas si on voit sa logique. Je m'explique. Quand j'étais une chèvre encore plus menue que celle que je suis à présent, il m'arrivait de me demander, puisque nous nous savions mortels, si après être devenus des cadavres en bonne et due forme nous allions, frère et moi, nous diriger au paradis, au purgatoire, ou alors en enfer, passé l'âge des limbes il n'y a pas d'autres cas de figure. J'en étais venue à la conclusion qu'au purgatoire on fait accroire aux gens qu'ils sont en enfer. Cela suffit à mon sens. Pas besoin de souffrir éternellement si on souffre durant une minute en croyant durant une minute que cette souffrance sera éternelle, pardi. Quant à l'enfer, je n'affirmais certes pas qu'il n'existe pas, mais la plus grande punition infligée au diable, essayais-je de me persuader, c'est que dieu n'envoyait personne dedans, car le diable est vaniteux et jaloux comme mon frère, ce qui mérite d'être puni, bonne mère, et voilà justement ce qui m'inquiétait pour frérot, s'il s'avérait que l'auteur des choses précipitât bel et bien du monde là-dedans selon une décision en tous les cas irrévocable. Je me disais : « Pauvre diable. » Ce n'était pourtant pas ses efforts qui manquaient ici-bas, si j'en jugeais par mon séjour.

Tout ça, comme je le disais, c'était avant que je ne fusse éclaboussée de lumière par l'éthique spinozale, en ce qu'elle enseigne à se gonfler de hauteur devant ces superstitions tout juste bonnes à faire trembler les bourrichons de faible calibrage. Mais là, devant le fait accompli du cadavre de papa, j'avoue que je n'étais plus sûre de rien. La perspective que les marioles du village allaient de force nous faire passer l'arme à gauche, à mon frère et à moi, sans même nous oindre extrême-ment je suppose, me retournait en tous sens sur le gril de ces vieilles interrogations touchant l'enfer et consorts. Ah la la, toutes ces choses qu'il faut tenir ensemble dans sa tête, toujours. Mais la terre serait plate si personne ne se posait de questions dessus.

Je m'étais assise bien en face du corps, sur une chaise en crottin qui était la chaise où papa aimait s'ins-taller pour se farcir une figette. Je m'y tenais les épaules bien dressées, le dos comme une barre, comme il est prescrit que doivent faire les comtesses, selon la bonne éducation que j'ai reçue. J'avais toujours dans ma main droite la lampe à pétrole et le grimoire dans la main gauche, qui est celle du cœur, le pied de lampe était appuyé sur mon genou. J'entendais des remuements dans la pénombre à mes côtés, mais j'étais habituée, notre domaine est une vraie mine d'or pour les petites bêtes, nous laissons traîner la pourriture partout. Quand même, me disais-je, la dépouille de papa est une grande chose. Un événement considérable, intéressant l'univers dans sa totalité pensive. Ses restes jetaient leur ombre sur nos vies, à mon frère et à moi, c'est la moindre des choses, mais cette ombre s'étendait aussi bien au-delà, jusqu'en terre sainte, si ça se trouve. Qu'allaient devenir la planète ainsi que les semblables qui grouillaient dessus? Allaient-ils, en apprenant la nouvelle, être saisis d'une rage de désespoir et de douleur, garrocher des bombes partout, ainsi que ça se dit, et tout brûler, tout mettre en morceaux, s'arracher les yeux et les poils autour du trou, celui où nous allions enfouir le corps? Dieu lui-même descendrait-il dans nos champs, l'air soucieux, la barbe pas faite? Les forêts périraient-elles, elles itou? Que sais-je encore. Et ça tournait dans mon chapeau comme des ailes de moulin.

Père existant de ce côté-ci des choses, la vie du monde du moins avait un sens, tout de travers et cahoteux fût-il, voilà à quoi je voulais en venir. La marche des étoiles et le cours des galaxies inexorables, les légumes qui poussent avec entêtement dessous la terre velue, jusqu'aux petites bêtes trottinant tout bas dans les fourrés, et jusqu'aux odeurs qu'elles font lever des herbes drues, tout cela avait une direction, sans que ça paraisse, la direction que leur imprimaient les ordres de papa. Lui décédé, c'était comme si un gigantesque coup de vent avait d'un seul souffle balayé la terre en ne laissant rien debout. Je ne sais si je me fais bien comprendre, et ça m'angoisse. Je me sens tout insécure, on dirait, depuis que je me traite de pute avec le genre des mots.

Mais qu'allait-il advenir du Juste Châtiment, voilà encore ce qui me turlupinait le plus, dans la vie, au moment où je me trouvais devant la dépouille. Celui-là, je veux dire le Juste, comment j'en ai pris connaissance, on croira que j'invente la poudre à canon, mais ça s'est déroulé comme je m'en vais le dire. Il était une fois, bien avant que je devienne une source naturelle de sang, j'avais sans doute aux fesses alors encore tout mon bataclan, comme le veut la religion, et c'est mon père que je voyais le soir, quand il nous croyait dans le néant du sommeil, mon frère et moi, venir dans le hangar à bois, dit aussi le caveau, pour y passer les grandes heures. Mon père il ne faut pas le juger que sur les horions, il avait quelque chose sous le sein, je veux dire dans la poitrine, comme on va s'en convaincre. Il apportait avec lui sa lampe à pétrole, car dans le hangar, la nuit, c'est la noirceur en son royaume, et dangereux aussi, de ce que tout y jonche et son contraire. J'avais déjà à l'époque, c'est vous dire, la coutume des omoplates dans les hautes herbes, de la nuitée à la belle étoile s'entend, avec la chevelure étendue autour de moi dans une rosée de perles froides, sans compter les moustiques émeraude, avec qui j'ai toujours été en termes excellents, ni toutes ces petites bêtes qui m'évitaient, en trottinant tout bas, pour ne pas troubler mes mauvais rêves. Et père traversant le plein champ, passait parfois si près de moi qu'il en manquait me marcher dessus, mais tellement renfoncé dans ses sombres pensées que, dans les herbes, enfouie en elles, il ne m'apercevait même pas, peuh. Sans aller jusqu'à m'en battre le nombril, je n'avais jamais trop eu à son propos la titillote de curiosité, et me mêler de ce qui ne me regardait pas en papa, je veux dire chercher à connaître ce qui l'occupait ainsi dans le caveau durant les grandes heures, n'avait jamais été mon fort, jusqu'au soir où tout à coup mon oreille se dressa. Il faut dire que j'étais un peu de travers dans mon sommeil, où il m'arrive encore de parler, de marcher, de mener cette ou cette activité, en n'en ayant aucune connaissance dans le chapeau, et d'écrire même, des choses dont le lendemain je m'étonne grandement. Or, cette nuit-là, dans mon somnambulisme, ainsi que ça se nomme, je m'étais écartée de quelques jambes du lieu du champ où j'avais coutume de m'abandonner au néant réparateur, ce qui fait que j'avais l'oreille à trois sauts de crapaud de la porte du hangar, c'est à ça que je voulais en venir. Ayant entendu une rumeur de larmes, je me levai et, au moins le quart de la tête encore dans les orbites, je m'approchai de la fenêtre en soupirail du caveau, et ce n'est pas tout. Il y avait père qui pleurait à genoux le front appuyé contre la caisse de verre que je voyais en cet instant pour la première fois, vrai comme je suis, et me voilà engagée à fond de train sur la pente sans fin de la fascination pour quantité de saisons à venir.

Pour la première fois, car il me faut noter qu'au-delà de certaines catégories d'objets de ce monde bien définies, je montre très peu d'intérêt pour les vanités d'ici-bas, et il ne m'est jamais monté à l'esprit que quelque chose dans ce hangar pût être d'une quelconque signification pour moi, ce qui fait que je ne m'en étais jamais approchée à moins de quatre ou cinq jambes, comme c'est le cas au demeurant de quantité d'autres dépendances de notre domaine, alors comment aurais-je pu savoir ce qui se trouvait là-dedans, y compris le Juste Châtiment?

Que je voyais aussi donc pour la première fois de ma putain. On m'aurait dit avant ce jour que papa avait un quelconque souci des fleurs que j'en aurais été toute retournée dans ma tête, et ne l'aurais pas cru. Mais papa était là plusieurs fois par semaine, sans se douter de ma présence de l'autre côté du soupirail, à semer des pétales tout autour de la caisse de verre en murmurant comme s'il parlait à des semblables comme vous et moi. Mon père a toujours été vieux depuis que je le connais, c'est au point qu'il ne me vient que des fantaisies quand j'essaie de me le figurer autrement, par exemple à l'époque où il était beau gosse en soutane au japon. J'allais l'entendre pleurer davantage dans les années qui viendraient, et pleurer de plus en plus souvent, mais j'éprouvais à le voir ainsi en larmes pour la première fois, vieux comme les montagnes, et parlant comme si de rien n'était à une caisse de verre, le même sentiment, étonné et désemparant, que j'aurais eu si j'avais vu une goutte de sang soudain perler d'une vieille pierre sèche, sur mon cœur. Je ne sais si je me fais bien comprendre.

En tout cas, au gré des saisons qui passaient, cela devint pour moi une sorte de messe secrète, à laquelle j'assistais seule, à l'insu même du prêtre qui officiait dans le caveau. Je ne voulais évidemment pas qu'il sache que j'étais là, à cause des horions et consorts, que je me représentais d'avance, et quand il allait en finir et sortir du hangar, aux premières langueurs de l'aube, je prenais mes jambes et mon cou, et je déguerpissions, zou, évanescente et silencieuse comme mon amie la libellule. Il était du reste devenu facile pour moi de prévenir le moment où papa en aurait terminé, rassurez-vous. L'*ite missa est* de ce prêtre, si j'ose dire, consistait à s'occuper en fin de compte du Juste Châtiment, qu'il époussetait avec les mille soins, dont il changeait les bandelettes, qu'il déplaçait précautionneusement, et puis rangeait dans sa boîte basse avec des gestes doux.

Et une fois papa, quand il est ressorti, je ne sais pas ce qui m'était passé par le bourrichon, je m'étais plantée là devant la porte, et il a eu un coup de surprise en me voyant. Il a levé la main, et moi le coude devant ma joue, croyant avoir affaire à vous savez quoi, mais contre toute attente sa paume se posa posément sur mon crâne et il m'a dit, d'une voix serrée mais tranquille, en désignant l'intérieur du caveau : « C'est un juste châtiment », d'où le nom, qui me lui est resté.

Et c'est ainsi que le Juste et tout ce qui était à l'intérieur du caveau me devinrent familiers, j'y allais souvent avec papa, ce sont de sacrés souvenirs. Je l'aidais à entretenir la caisse de verre, je finis même par être à tu et à toi avec cette dernière, à lui parler qu'on aurait dit un semblable à part entière, à l'instar de papa, comme une vraie folle du bourrichon. Nous extirpions enfin le Juste Châtiment de sa boîte, à moins que nous ne l'ayons laissé sorti la fois d'avant, cela arrivait aussi, et nous l'époussetions, avec les égards. Ensuite, il n'était pas rare que nous passions de longues heures en silence assis à nous tenir la main, vrai comme je suis, mon père et moi, ce sont des souvenirs sacrés. C'est curieux ce qui se passait en moi alors, je m'en vais vous le dire. Il me semblait qu'il me montait des ramentevances d'un temps où rien n'était pareil à de nos jours dans ce domaine satané. D'abord du soleil : il y en avait partout. Et il était toujours là à me suivre, vrai comme je souffre. Je me précipitais ici et ici, et il était là à me coller aux chausses, ah la la, c'était lassant à la fin, sans compter qu'il me brillait les yeux. La lune, c'était pareil. Je m'en allais à l'autre bout de mes jambes, si ça se dit, puis je jouais à revenir sur mes pas, et hop, la voilà qui était là encore, entre les cimes des arbres, j'avais beau courir. Encore aujourd'hui. Il m'arrive de penser que je ne dois quand même pas être n'importe qui, à vivre ainsi deux astres aux fesses. Même problème avec les nuages en pompons. Tss.

Et il me semble aussi, pour revenir à cette impensable époque, celle à laquelle je songeais en tenant la main de mon père dans le caveau, que je n'arrivais alors pas même en grandeur à la rotule de papa, qui m'apparaissait haut comme une muraille et qui riait et souriait tout le temps, comme s'il était possible que j'eusse eu à certaine ère de ma vie deux petites ailes au dos, à la bambin. Et toujours, qui accompagne cette vision, cette image de pute, si c'en est une, qui sentait bonne et fraîche et tendre comme les roses sauvages en bordure de la pinède. J'ai même une imagination encore plus précise de cette époque où je n'allais pas au genou de mon père, c'est la suivante. Il y avait une angelote à mes côtés, qui n'était pas moi mais qui me ressemblait comme une goutte d'eau, à ce que mon frère essaye encore de me convaincre, et papa avait une loupe dans les mains, c'est ainsi que ça se nomme, et à l'aide de cette loupe il captait par vertu magique les rayons du soleil qui, frappant sur une planchette de bois, faisaient des traits noirs accompagnés de petites volutes de fumée. Papa en souriant écrivait des lettres avec ces traits de foudre concentrée, mais je reparlerai de cette planchette de bois, en son temps et en son lieu, on verra bien pourquoi.

Pour en finir avec ces souvenirs, si c'en sont, je dirai qu'ils m'ont agitée longtemps, surtout dans mes rêves, et encore l'hiver dernier quand frérot essayait de me persuader contre toute raison que nous avions une sœurette quelque part dans la montagne, que sais-je encore, discussion que je me rappelle très bien avoir évoquée ici même quelque part. Mais j'ai fini par ne pas m'empêcher de dormir avec ça, trop turlupinant. Je haussais une épaule, je lâchais du sang là-dessus, quand ça me venait. Pour le reste, je veux dire quand papa et moi nous ne nous trouvions pas dans le hangar à bois, papa était comme d'habitude, taciturne comme le bouc quand il nous arrive au printemps, renfoncé dans le chapeau de ses sombres pensées, nous commandant tout depuis la chambre de l'étage, comme il le faisait la veille encore.

Quant à mon frère, le Juste Châtiment, c'est tout

juste s'il en avait une idée, tellement, la première fois qu'il le vit, il en eut la trouille satanée, et en avait déguerpissé : je crois qu'il en mauvais rêve encore.

Mais bon, j'étais là devant la dépouille à papa à me ramentevoir tout ça, inutilement bien sûr, car la mémoire voulez-vous bien me dire à quoi ça sert. Je m'efforçai de mettre ces choses-là dans un coin pour ne plus y penser, et de réfléchir à la place, par réforme de l'entendement, selon l'éthique. Je rassemblais mes idées pour faire le point sur l'état présent de l'univers, à mon frère et à moi. Père était devenu ni plus ni moins une chose, puisqu'il n'y avait plus personne dedans, et je sentais que même cette chose avec rien dedans ne nous appartenait plus. Des hordes nous adviendraient du village, ignorant tout de nos mœurs, ne respectant rien, comprenant encore moins, le groin écumant, agitées et stupides comme des mouches, et nous dépossédant de tout, de notre domaine, de mes dictionnaires, du Juste Châtiment aussi, vraisemblablement, et par consé-quent de l'usage de la parole, et de la dépouille même de papa qu'ils enterreraient où bon leur semble, dans la crotte et dans la boue.

Le cruel c'était que même à considérer qu'on nous laissât tranquilles, mon frère et moi, nous n'étions pas plus avancés. Eussions-nous continué à respecter les règles de père, à répéter tant bien que mal le chapelet de ses gestes, nous n'aurions fait qu'agiter du vide, si vous voulez mon avis, parce que tous ces rites, hors du corps vivant de papa, n'avaient plus ni queue ni tête, et toutes les fragiles significations que jusqu'ici j'accrochais de-ci de-là au grand débris du monde, comme j'ai vu sur mes illustrations des bambins accrocher à un sapin des boules aux couleurs de noël, je les voyais éclater une à une, par petits souffles, à l'instar des bulles de savon, du seul fait de la grandiose disparition de mon père. Ce qui lui en bouchait un coin, à «l'horizon-de-notre-vie».

Je vais vous dire, sans que j'osasse me l'avouer, la tentation était forte de me laisser faire, d'abandonner, d'attendre que nos semblables arrivent et de me soumettre à leur bâton, puisque nous n'avions plus, mon frère et moi, ni code ni loi pour résister aux leurs. Je m'interdisais de rêver qu'un beau chevalier viendrait m'enlever dans ses bras pour m'entraîner sur son cheval blanc vers des pays munificents, j'essayais surtout de ne pas penser que ce beau chevalier aurait votre sourire et vos yeux et votre braquemart luisant comme une cuillère.

Ma seule chance, si c'est ainsi que ça se nomme, je sentais bien qu'elle consistait à commencer par témoigner, et j'ai pris mon courage à deux mains, c'est-à-dire mon grimoire et mon crayon, et j'ai tracé cette première phrase avec des larmes qui cuisaient dans mes yeux : *Il a bien fallu prendre les choses en main mon frère et moi car un matin peu avant l'aube…*, ou quelque chose d'approchant, car le temps manque, tout me manque, pour que je puisse me relire.

Je ne sais combien de temps j'ai pu écrire à toute vitesse et le cœur en chamaille, car il n'y avait pas de lune, le ciel était couvert de limbes, mais je dus remplir une douzaine de feuillets d'un coup sans m'arrêter, traversant les phrases et les mots comme une balle de fusil les pages d'une bible. Quand le secrétarien s'est mis en tête de pédaler dans le verbe, ôtez-vous du chemin, ça déménage, peuchère, tombeau ouvert. Je fus interrompue par un bruit que fit mon estomac, ça s'appelle un gargouillis si ma mémoire est bonne, et je me rappelai tout à coup la promesse que j'avais faite à mon corps d'engoulevent de manger une ou deux pommes de terre avant l'aurore, et que je n'avais pas encore tenue. Il me sembla en refermant le grimoire que les genoux de papa entretemps avaient bougé. Il avait les jambes toutes roides et droites comme bâtons quand nous l'avions ce matin décroché de son mât de misère, et maintenant elles étaient légèrement repliées, ses jambes, comme les pattes d'une morte araignée. Mais enfin, rendu où on en était rendu. Notons encore, par acquit de conscience, que ses pieds nus ressemblaient étrangement à deux pains moisis, tant par la forme que par la couleur. Nous ne sommes pas grand-chose au regard de la mort, avant comme après, c'est bibi qui vous le confie.

Je ramassai parmi les poches étalées une pomme de terre ainsi qu'une betterave de ma connaissance et je m'approchai du seau afin de les laver puis de les essuyer avec l'anneau de saturne de ma jupe. La betterave déjà molle avait été au tiers rongée. Les betteraves sont comme nous, et les rats qui les rongent aussi. Être dévoré ou pourrir, ça ne va pas chier loin ici-bas, pour personne, qu'on ne vienne pas me dire le contraire. Je m'accroupis sous la table où était père et me mis à mâcher. J'avais repris le grimoire et, comme je continuais à écrire d'une main formidable, des bruits des plus curieux se firent entendre venant de l'étage. Cheval qui était étendu par le plancher non loin de moi se dressa sur son séant et me regarda de ses yeux vairons. Un remue-ménage panique, des pas de course qui venaient de toutes les chambres. Ils paraissaient se diriger vers la galerie qui, faisant belvédère, donnait sur la chambre d'où papa, etc., la veille encore. Je me recroquevillai, apeurée, en proie au mauvais augure, autour du grimoire ami. Frère surgit en trombe de l'escalier. Il se précipita vers l'armoire en bousculant tout sur son passage et, dans un élan de colère impatiente, il jeta à bout de bras une chaise qui n'avait commis d'autre crime que de se trouver en travers de son chemin et qui rebondit sur le ventre de papa. C'est là que j'ai compris que frère venait d'être touché par la grâce.

— Qu'est-ce que tu fais ? dis-je, mais je n'osais pas sortir de sous la table.

Frère était en train de se battre avec le galurin du pot à clous pour le dévisser. Il eut un geste irrité de la main pour m'intimer le silence. Il remonta vers l'étage en emportant aussi l'égoïne et le marteau. Le remue-ménage reprit, menaçant de plus belle. Je mis mes poings sur mes oreilles, je pensais hurler. J'aurais voulu partir sur-le-champ, m'enfuir vers le village, me jeter aux pieds de ces marioles, tellement en cet instant j'en avais plus qu'assez de frère, des cadavres, des enterrements, que sais-je encore, de la vie noire comme suie. Mais je ne pouvais abandonner frérot. Je sentais confusément qu'il était en train de dévaler une pente à toutes jambes et que je devais me flanquer comme une chaise en travers de sa course pour l'arrêter, pour dire le moins sur la chose telle qu'elle m'apparaît. Je montai donc à mon tour à l'étage, en empruntant l'escalier d'où papa ce matin était parti comme un piano.

Les demis ! Je n'ai jamais su d'où ils nous venaient, mais a-t-on jamais su d'où nous venait quoi que ce fût dans ce domaine satané ? Il devait y en avoir à peu près autant qu'il y avait de portraits dans la galerie de portraits, et j'avais pris l'habitude depuis lurette de les aimer bien. Souvent je les attifais, bah de ceci et de cela, mais c'était toujours joli, et avec eux je faisais comme si nous étions avec saint-simon à la cour du roi-soleil regorgeant de beaux chevaliers et de comtes à dormir debout tellement ils font rêver dans leurs habits, que sais-je encore, et dans le secret de mon cœur, tout fils à mon père que je fusse, je faisais semblant d'être leur comtesse. Nous les appelions des demis car ils n'avaient qu'un corps, de cire et de bois. Il leur manquait la moitié à l'intérieur à l'aide de quoi l'on souffre pour pouvoir être dits nos semblables à part entière, si je me fais bien comprendre. Quand ça nous chante, on peut les nommer aussi des mannequins, c'est permis, encore que moins fort et moins juste, et ce n'est pas rendre service à la parole que de frayer avec les mots qui branlent dans le manche après la cognée.

Frère en avait aligné sur le belvédère, le long de la balustrade, il les avait plantés sur des sièges. Qui avec un balai dans les mains, qui un gros bout de branche, qui une pioche ou un râteau, on aurait dit, à une distance, quelque chose comme un corps de garde, et c'est ce que mon frère avait dans l'idée. Je ne l'avais jamais vu dans un tel état d'exaltation, on aurait dit des flammèches qui lui sortaient des oreilles et du trou.

— Frère, dis-je, tu n'espères quand même pas faire fuir les gens du village avec des demis armés de manches à balai?

Frère avait allumé une demi-douzaine de lampes à pétrole qui produisaient une lueur qui ne faisait pas songer au paradis, je vous assure. Durant qu'il se démenait d'un bout à l'autre du belvédère, armant ses soldats de la façon susdite, il buvait une rasade de bon vin au goulot à intervalles réguliers. Ah la la. Et il disait encore:

— C'est moi le maître du domaine. Qu'ils viennent donc! J'aurai pas peur de leur parler! Je leur répondrai par le trou de mes canons!

— Tes canons ? Quels canons ? essayais-je de le raisonner. Papa n'est plus qu'une dépouille, son corps ne bougera même plus !

— C'est moi qui suis papa à présent !…

Et il frappait avec orgueil sur sa poitrine, en la tambourinant de ses poings, comme père faisait, à l'instar des gorillons.

Il m'arrivait souvent, avant, l'été, d'essayer de garder mon sérieux en disant au papillon qui se tenait depuis un demi-tour d'horloge sur la cime de mon genou : « Je suis ton maître », rien que pour voir, mais nos mandibules ne nous suffisaient plus, et nous pouffions, je veux dire que mon ami s'envolait, car essayez donc d'expliquer à un papillon c'est quoi un maître du domaine ! Or ce que même un papillon ne peut comprendre, ça ne doit pas être d'une grande importance, comme c'est parfois mon avis de le penser. Mais je m'empresse d'ajouter que les opinions là-dessus étaient partagées, dans ma famille, à l'époque où papa respirait encore comme un seul homme.

Quoi qu'il en soit, j'abandonnai frère à sa folle cervelle, c'est comme ça que ça se dit. Je repris ma lampe à pétrole et me précipitai dans l'escalier.

— Où vas-tu ? hurla-t-il, d'une voix qu'on aurait dit qu'il venait d'être jeté tout nu sur des tisons.

Je ne répondis pas et courus dehors me garrocher moi-même dans la nuit vivante. Je pris la direction que vous devinez, c'est-à-dire du hangar à bois, dit aussi le caveau. Je savais que j'y serais en sécurité relativement car frère était couillon d'y entrer, à cause de vous savez quoi. Appuyée sur la table de pierre où règne le Juste Châtiment, que je dus tasser du coude pour me faire de la place, je me mis à rédiger en fonçant droit devant, selon ma dévastatrice habitude. Je n'interrompais ma rédaction que pour me rapprocher frileusement de la porte et tenter un œil vers ce que frère accomplissait sous l'empire tyrannique de la grâce. D'une certaine manière il n'avait pas raté son coup, puisque vraiment, à cette distance où j'étais, on aurait dit des soldats en station tel qu'on en voyait dans mes dictionnaires. Il joignait parfois ses mains en porte-voix et criait toujours : « Qu'ils viennent donc ! je m'en vais leur parler, moi, à ces semblables ! » Je revenais à ma table de pierre, frissonnante et chagrinée. Comme j'aurais aimé être à vos côtés, sous votre protection, toute petite, terrorisée d'admiration. Mais je repoussais mes cheveux en arrière, de chaque côté de mes épaules, et dans un soupir je reprenais le courage de mon crayon.

À deux ou trois reprises, des boules de feu traversèrent le ciel, jolies en un sens, lancées depuis le belvédère. Avec quoi il les avait fabriquées, je n'en avais pas la moindre idée, ni de la manière dont il s'y était pris pour les catapulter jusqu'au milieu du champ. L'une aboutit si près du hangar à bois que je faillis lâcher un cri, mais m'en abstins, après réflexion. Une telle ingéniosité chez un être aussi peu déluré du chapeau que mon frère ne pouvait être due qu'à un état de grâce, comme je l'ai dit, et c'est sans doute de se sentir soudain si intelligent après des années de ténèbres mentales qui avait rendu folle sa cervelle.

Ajouté à tout ça, frère frappait du marteau sur un long rectangle de tôle, avec un bruit de tonnerre, pour faire accroire, j'imagine, qu'il était à tu et à toi avec les éléments qu'il prétendait commander, mais qui cela pouvait-il tromper, je vous le demande, sinon lui-même, épars dans les misérables morceaux de son esprit? Peuh.

Et je compris soudain que ces boules de feu que j'avais vues à contre-ciel marquaient en fait le retour des perdrix en flammes, telles que jupiter junior les confectionnait à grands renforts de térébinthe, si c'est ainsi que ça se nomme. De toute façon, pauvres oiseaux. L'auteur des choses est sans pitié ni vergogne.

La nuit tout entière se passa ainsi. Je la donnai à cette part de moi-même qui tient le coup avec des mots. Je couvris une vingtaine de feuillets de mon écriture minuscule et tassée, et zou. À la fin, je n'avais plus de tête. Le cerveau me fondait par les yeux tant ils brûlaient, le crayon s'échappa de mes mains et se sauva.

Et je vais vous dire, la situation me paraissait si clôturée de toutes parts que j'en arrivais à me demander si je ne serais pas mieux avisée de suivre le fil d'ariane de la corde à papa et d'aller m'y pendre aussi pour résoudre toutes les difficultés en un tournemain, c'est à cela que servent les cordes, mon coco. Mais que deviendrait frère, alors? Et vous reverrais-je jamais, ô mon fiancé? Et quel désemparement pour les oiseaux qui tous dansent en secret avec moi, même ceux qui sont à l'autre bout de la terre, et mes poupées de lumière encore, et les bandelettes du Juste Châtiment?…

L'aube commençait à pointer du doigt. Je jetai un dernier coup d'œil dehors, car j'entendais des rumeurs de marteau. Mon frère était en train de clouer un siège au sommet de deux escabeaux qu'il avait joints l'un à l'autre par des courroies. Cela à l'orée du potager, à peine une dizaine de jambes devant la maison. On peut vérifier, ils y sont encore, ces escabeaux de malheur. C'est alors que je vis apparaître une forme à l'autre bout du champ en bordure de la pinède parmi les églantiers et je ne pouvais pas arrêter mon jugement sur ce que c'était. Je crois avoir noté ici même dans ce testament cette étrange apparition au moment juste où elle se produisait, une cinquantaine de pages plus haut. Mais je finis par connaître ce que c'était que cette silhouette dans l'aube, rien de moins que notre semblable debout sur son manche, qui avançait en sautillant comme une pie sur cette terre, le mendiant.

Le quêteux, quoi. Il portait sa houppelande, crasseuse est le mot, ainsi que sempiternelle, et je vais vous dire, on avait bien besoin de celui-là dans cette tourmente, ah la la. Il allait son train de sénateur cossu en s'amenant. Sa canne qu'on aurait dit une jambe joyeuse, soûle d'indépendance et de liberté, il interrompait parfois sa marche, debout sur son manche du milieu, son manche fidèle à chaque pas au rendez-vous des herbes et de la terre battue, et comme un paon sa queue, il faisait faire la roue à sa canne avant de repartir, c'est la syntaxe de saint-simon. Voilà un prochain à l'humeur dégagée, le quêteux, je ne sais pas si j'ai songé à le marquer. Les gens qui se tracassent sous la croûte, ils ne logent pas à son enseigne, garanti.

Mon frère lui consentit un instant de regard, le geste suspendu, sourcils et cils rapprochés. J'y crus lire, de ma cachette, un tantinet d'hésitation et d'étonnement qui fit en moi lever de l'espérance, mais pensez-vous, l'état de grâce ne se démonte pas pour si peu. Frérot recontinua incontinent à taper du marteau sur le siège qu'il avait dans l'idée de clouer au sommet des deux escabeaux qui grelottaient à chaque cognée, et me voilà rendue à mon désemparement.

Le mendiant planta son manche au milieu du champ et, accrochant sa canne à son avant-bras, il se mit à battre des mains en rigolant, apparemment ébahi par les prouesses ébénistes de mon frère. De même, lorsqu'il aperçut le belvédère avec les demis armés de balais et de vadrouilles, sa bouche fit oh. Il s'en tapa la cuisse, avec des bruits de gorge, tels qu'en ont les chiens, qui sont son moyen d'expression, comme je l'ai écrit. Puis en s'en approchant, il cogna des jointures sur l'escabeau de gauche, comme on frappe à une porte, pour attirer l'attention de frérot, à quoi il réussit. Il mit son index, le bien-nommé, sous ses narines, pour mimer une moustache, et il voulait dire par là qu'il se demandait où était mon père. Frère se contenta pour toute réponse de mettre la tête de côté, de clore les yeux, de sortir la langue, et de sa main libre il fit mine de tenir au-dessus de sa tête une corde imaginaire, voulant par là ressembler à un pendu, on ne pouvait pas s'y tromper. Stupeur d'abord du mendiant. Qui finalement décida de la trouver bien bonne, et il s'amena de belle humeur vers le caveau où j'étais toujours, à son insu et à celui de frère. Il s'assit contre le mur. Il s'adonna alors à la contemplation de frérot comme si ce dernier était un spectacle à lui tout seul, à l'instar de notre seul jouet. Il produisait ce faisant une petite musique avec sa bouche, le quêteux, prrrou pou-pou, si on voit ce que je veux dire, comparable au bruit de cheval quand il s'ébrouait les babines et, à ce propos, je me demandais où ce dernier avait bien pu passer, cheval, il paraissait être disparu nulle part. Puis le mendiant sortit de sa poche un sandwich à la pourriture dans lequel il mordit, sans complexes ni façons. Quant à frérot, quand il en eut terminé, il se jucha jusqu'au sommet des escabeaux, un plumeau en guise de sceptre, et ce cadavre desséché de raton-laveur que j'avais vu quelques heures auparavant dans la galerie de portraits, et qu'il s'était enfoncé dans la tête, genre couronne. Tel un roi maigre il prit place sur son trône. Le mendiant applaudit.

Ah j'aurais voulu ne pas céder au sommeil et en finir avec mon testament avant qu'il ne soit catastrophe. Mais j'étais abandonnée par mes forces, elles s'étaient sauvées comme un crayon. Quoi qu'on fasse et qu'il en soit, et aussi loin qu'on aille, il faut s'étendre au bout du compte pour dormir, c'est fatal. On a la laisse au cou, la fatigue qui vous retient à la terre finalement vous y tire, et l'on tombe, toujours, que voulez-vous. C'est l'élastique de la mort.

Je fus réveillée par une détonation. Je n'avais pas dû dormir plus d'un demi-tour d'horloge, car le jour encore se languissait. La petite chèvre était tellement confuse dans le bourrichon qu'en me rendant vers la porte, j'ai buté contre toutes sortes de cochonneries, je me suis même déchiré la peau du mollet, après la charrue je crois bien, douleur cuisante, et ça s'est mis à saigner aussi. Mais bon, au point où j'en étais.

La détonation venait du fait que mon frère avait déniché, le diable sait où, une cornemuse et qu'il l'avait chargée, on voyait encore une petite fumée bleue flotter à une de ses extrémités, comme de la bouche à papa quand il rotait un piment fort. Je savais que frère savait des choses sur notre domaine que je ne savais pas, car il y avait des dépendances où je ne m'aventurais jamais, et où, lui, il passait les grandes journées. Moi, tant qu'il y avait des églantines à cueillir, des champignons amis, ma ration quotidienne de dictionnaires et mes poupées de lumière de l'argenterie, je n'avais que peu de curiosité pour les vanités d'ici-bas, comme nous y invite la religion, je crois l'avoir déjà noté. Frérot connaissait sans doute l'existence de cette cornemuse depuis longtemps et en le voyant faire je commençai à m'expliquer certaines choses auxquelles je n'avais guère accordé d'importance jusqu'alors. Ainsi, quand il arrivait que papa se rendît au village, j'entendais de temps à autre de semblables détonations, je me disais à l'époque que ce devait être des branches qui tout à coup se cassaient, à cause du vent, ou du verglas accumulé, car le verglas s'accumule d'année en année dans notre contrée, enjambant tous les étés, que sais-je encore, enfin je trouvais que le bruit que ça produisait ressemblait à ce bruit-là. Or, il me revenait maintenant que je ne savais jamais où se trouvait frère à ces instants. Je soupçonne à présent qu'il devait aller rejoindre sa cornemuse et tirer avec elle sur les perdrix. Car, et cela aussi apparaissait tout à coup très clairement à mon souvenir, ce sont précisément les jours où j'entendais ces détonations que frère prétendait avoir trouvé en bordure du chemin deux oiseaux morts, qu'il faisait d'ailleurs cuire et qu'il mangeait avec papa, beurk. Moi je n'en mangeais jamais, vous pensez bien. Je me serais vomi les entrailles si on m'avait obligée à mettre dans ma bouche des bouts de cadavre de perdrix bouillis et, en les regardant manger, je pleurais en dedans sans que ça paraisse. Fichtre, mais ce n'est pas cornemuse que je voulais écrire, c'est arquebuse. Dieu que ma pauvre tête peut être fatiguée, j'en perds le sens des mots, moi qui n'ai qu'eux. Arquebuse n'est d'ailleurs pas le terme propre, si ça se trouve. Je crois bien qu'il s'agissait d'un fusil. Ah la la. Et mon frère tira de nouveau dans la direction de la pinède. J'ignore s'il y avait quelque chose là-bas qu'il voulait faire mourir, et si oui quoi, mais le contrecoup fut si puissant que frère en tomba sur le trou. Cela le fit rire. Il se redressa, peu solide sur ses appuis. Il ramassa une bouteille de bon vin et vint pour en boire, la tête renversée comme un vrai cochon, mais se rendant compte tout penaud qu'elle était vide il la lança nonchalamment contre le mur de pierre où elle vola en éclats, comme je craignais que mon propre crâne ne vole.

Maintenant que le jour s'était à peu près levé, on voyait bien que le corps de garde du belvédère n'était que des demis, et le trône que s'était construit frère à l'aide des deux escabeaux n'avait rien pour impressionner quiconque, je vous jure, à commencer par moi-même. Je regardais en secouant la tête de dépit. Sur les entrefaites, je vis revenir en sautillant sur la colline le mendiant, qui m'était complètement sorti du chapeau. La coutellerie tombait des poches de sa houppelande, et de sa main qui n'était pas occupée à le propulser avec sa canne il tenait contre sa poitrine, en ricanant comme une souris méchante, un amoncellement de coupes d'argent et de tutti quanti, venus de la salle de bal. Il avait à la fois la figure toute tendue et épanouie, et les yeux miroitants qui convoitent dans l'intensité. Il en rigolait encore, vous pensez bien, de cette manne ines-pérée. La petite chèvre, elle, est retournée à son testa-ment. Que vouliez-vous qu'elle fît d'autre.

Les feuillets s'accumulaient, je ne relisais rien. Je fonçais devant avec les moyens du bord, ce qui s'appelle gagner le mur comme dirait saint-simon, mais je fais confiance aux mots, qui finissent toujours par dire ce qu'ils ont à dire. Tournez cinq fois sur vous-même, les yeux fermés et, avant que de les rouvrir, un caillou que vous aurez lancé, vous ne saurez pas dans quelle direction il est parti, mais vous saurez qu'il aura bien fini par retomber sur terre. Ainsi sont les mots. Ils arrivent toujours, coûte que coûte, par se poser quelque part, et cela seul est important. Je ne veux pas dire que le secrétarien se laisse aller à écrire n'importe comment. Je veux dire qu'il se laisse aller à écrire en plongeant devant, ce qui n'est pas pareil. Ainsi sont aussi les petites chèvres intempestives.

J'entendis bientôt mon frère qui m'appelait à pleine gorge et, rien qu'à sa façon de prononcer frérot, je compris combien le bon vin lui avait tapé la tête. Je me recroquevillai aussitôt sous la fenêtre sale. J'osais à peine élever le bout de mon nez pour regarder ce qui était en train de perdre le nord à l'extérieur. Mon frère, soûl comme un moinillon, avait enfourché cheval, soudain revenu de nulle part, ce mariole, et c'était une vraie pitié. Les jambes de la pauvre bête, on aurait dit des bouts de branches qu'on appuie contre le sol pour les fléchir. Sous le poids de frère, son ventre descendait si bas que le bout des pieds de ce dernier raclait presque les cailloux. À son allure de basset, car je sais ce que c'est un basset, notre ancien chien décédé de boules à mites en avait été un, à sa démarche tout écrasée par la pesanteur de mon frère, on aurait dit un cheval en voie de se transformer en boudin blanc sous l'action d'une mauvaise fée, car il n'y en a pas que des bonnes, c'est moi qui vous le dis. Par moments, cheval ne pouvait presque plus avancer, ou alors il bronchait à tort et à travers, et mon frère lui donnait du talon dans les côtelettes, il ira griller chez le diable, frérot, m'en croyez, mais ce n'est pas tout. La corde que j'avais attachée l'autre matin comme une sangle autour du ventre de cheval, elle y était encore, et au bout de la corde, derrière eux, traînait une poche dont les seules dimensions suffirent à me faire comprendre ce qu'elle contenait. Je vis le quêteux, sourd à tout cela, pénétrer dans la cuisine de notre terrestre séjour, avec un sautillement enthousiaste.

Et jupiter junior de continuer à m'appeler. Il avait toujours, piqué dans la tête, comme un roi son panache, le cadavre du raton-laveur mort dans un piège à con.

C'est à ce moment précis que se fit entendre un terrifiant ronronnement. Il se rapprochait lentement de nous, et je dis que terrifiant est le mot parce qu'il paraissait monter tout droit de l'enfer sous nos pieds, enfer auquel il faut bien croire si on ne veut pas y être précipité, mais frère justement n'a jamais voulu croire en rien. C'était pourtant un des dictons de mon père, que les petits saint-thomas finissent par mettre le feu dans des robes à force de ne pas croire qu'il est dangereux de jouer avec des allumettes.

Quelque chose que je n'aurais su nommer, mais on aurait dit un bourdon géant, de la grosseur d'un baudet, ce qui est très gros pour un bourdon, ça s'amenait en vrombissant le long du chemin qui traverse la pinède jusqu'aux sept mers. Mon frère avait peine à rester droit sur sa monture, car cheval s'épouvantait de cette pétarade qui ressemblait à s'y méprendre au bruit que faisaient parfois dans le ciel ces étranges oiseaux que papa appelait les hiéroplanes, si mon souvenir est juste, et alors frère et moi, ce que nous déguerpissions. Cheval, en voyant s'approcher le bourdon, piaffait avec les moyens du bord, dont il ne restait plus grand-chose, et des fois ses genoux fléchissaient et son ventre rebondissait comme un ballon mou sur la terre couverte de boue où nos cœurs iront tous un beau jour en poussière.

Le bourdon s'immobilisa pas très loin de frère et il me faisait face, sans qu'il le sût, de l'endroit où je m'étais postée. Le bourdon était en fait une machine compliquée comme on n'en voyait jamais sur notre domaine, mis à part peut-être le supplice de mes mollets, j'ai nommé l'orgue à tuyaux. Il était constitué de deux roues, c'est tout ce que j'en peux dire, et il était monté par un cavalier casqué, me croira qui veut, et quand le cavalier en descendit, aussitôt le vrombissement de se taire, comme je vous le dis. Le cavalier était de cuir vêtu de pied en cap, et quand il enleva son heaume et ses lunettes, qu'il maintint sous son bras, mon cœur fit le saut que font les grenouilles en se jetant à l'eau, car c'était vous, mon bien-aimé, magnifique dans l'éclat sombre et souple de votre braquemart.

Mon frère ne disait pou et contemplait le cavalier et sa monture satanée en tremblant comme une feuille entre mes mains. Le cavalier dit :

« Où est votre sœur ? » Puis se reprenant : « Votre frère ? Où est votre frère, celui avec une longue jupe ? Écoutez, je ne vous veux pas de mal. Je suis l'inspecteur des mines… » Frérot terrorisé continuait à ne pas répondre. Après un instant d'hésitation, le cavalier se dirigea vers la maison. Dans un emportement panique, frère battit des talons le flanc de cheval pour qu'il mette le galop, mais là ce fut trop pour la pauvre bête, elle s'effondra dans la boue, et frère culbuta de même farine.

Frère se releva, ne prit pas la peine de ramasser son raton-laveur qui avait roulé pareillement dans sa chute, et le voilà parti, mon frère, toutes jambes à son cou, pour dépasser l'inspecteur des mauvaises mines. Et frère de grimper sur les escabeaux de son trône en manquant faire nouvelle chute. Je suis obligée d'expliquer les choses très vite et de faire des fautes de latin, mais écoutez, j'ai dit que la figette était de famille, et c'était vrai pour papa et moi, pas pour frère cependant. Jupiter junior avait d'autres expédients devant le cours des choses. Il y avait des moments, on ne sait pas pourquoi, il se mettait à avoir terriblement peur, il avait la grelotte de partout, c'était comme s'il avait attrapé la difficulté à respirer, il lui semblait qu'une bête méchante à l'intérieur de lui était en train de faire des nœuds avec sa tripaille, qu'il lui fallait lutter avec son cœur pour qu'il continue de battre, qu'etc., etc., il n'y a pas de quoi rire. Ce genre d'attaque n'avait pas l'air d'être beaucoup plus agréable qu'une figette, si vous voulez mon avis. Eh bien, c'est tout à fait la crise que faisait à ce moment-là mon frère assis sur son trône devant l'inspecteur des mines. J'espérais simplement qu'il ne ferait pas sous lui, comme ça lui arrivait dans sa misère, parce que, enfin, quand même, devant vous, la comtesse en aurait été un peu gênée pour sa famille.

Je suis d'autant plus sûre de ce qu'a dit alors l'inspecteur des mines que j'ai tout noté dans mon chapeau à mesure que vous le disiez, et je voyais bien que vous parliez fort dans l'intention que je vous entende aussi, où que je me trouvasse.

— Écoutez-moi, je suis venu en ami, pour vous aider. Je sais que vous pouvez suivre ce que je dis, même si cela sera un peu difficile à comprendre. Je pourrais peut-être m'occuper de vos affaires. Je suis ingénieur mais aussi… Enfin, je veux vous dire que dans quelques heures, ils seront tous ici. Des gens du village et même d'ailleurs, des membres du gouvernement, peut-être. J'ai rencontré votre sœur hier, votre frère si vous préférez. Je ne peux pas vous dire pourquoi, mais j'ai éprouvé beaucoup de sympathie pour elle, enfin pour lui — mon dieu c'est agaçant à la fin. J'ai voulu vous préparer à leur arrivée. Et vous aider un peu, si cela était possible. La situation est grave, vous savez. J'ai consulté hier le registre des baptêmes avec le curé. Est-ce que vous comprenez ce que je dis? Il est censé y avoir ici deux filles, deux jumelles. J'en ai vu une hier. Où est l'autre? Qu'est-il arrivé à l'autre? Et votre mère? Vivent-elles encore ici avec vous?

J'entrouvris la porte du hangar à bois, et le grincement que cela fit attira, comme je le désirais, l'attention de l'inspecteur. Je me plaçai sur le seuil. Et l'inspecteur aussitôt de prendre la direction de la petite chèvre tel un taon vers l'unique fleur du jardin.

Frérot se mit à hurler qu'il était le maître, et je vais vous dire, ça ne convainquait personne. Vous continuiez de marcher vers moi sans plus vous soucier de lui. J'aperçus du même coup au loin la mine soupçonneuse et inquiète du quêteux qui vous suivait des yeux, le nez à la fenêtre de notre terrestre séjour.

— Pourquoi te caches-tu? Tu as peur de ton frère?

Je ne répondis pas et je rentrai en vitesse dans le hangar. Mais je me souviens qu'en dépit des circonstances je faisais en marchant un effort particulier pour que mes fesses aient l'air de quelqu'un de bien aux yeux de l'inspecteur des mines. Je m'immobilisai, toujours en silence, auprès du Juste Châtiment, comme si je voulais vous laisser tirer les conclusions.

— Qu'est-ce que c'est que ce caveau?

Il fait pas mal sombre dans le hangar à bois, aussi s'empara-t-il de la lampe à pétrole et se rapprocha de moi. Il devint du coup extrêmement pâlichon. C'est quelque chose, le Juste Châtiment, je ne sais pas si j'ai oublié de le dire. Je me tenais à ses côtés, les mains croisées devant mon ventre, comme quand papa me faisait réciter perrette et le pot au corbeau. Et je regardais l'inspecteur avec sérénité. Le Juste Châtiment dans son petit tas par terre, bougea faiblement la main, et puis la tête, dans un effort pitoyable de fuite, ou de honte, comme s'il voulait gagner le mur, car il a le fonds un peu craintif. Ce simple geste suffit pourtant à dérouler l'extrémité d'une bandelette, ah la la, que je m'empressai de réentourer autour de ses doigts, pour qu'il soit bien présentable, et je repris ma posture de jeune fille bien élevée, les mains croisées devant mon ventre à surprises. Le voilà bien stupéfié, monsieur le poète inspecteur des mines. Ah, on a moins envie de faire le mariole à présent. Il regardait avec des yeux comme des soucoupes. Le Juste Châtiment recouvert des pieds à la tête de bandelettes grises suit la mode des momies qui illustrent mes dictionnaires, en leur ressemblant. On ne peut voir de son visage que des dents, car le Juste ne sait même pas c'est quoi des lèvres, ainsi que le bout rose de sa langue quand il mange, et aussi ses doux yeux, tellement de la même couleur que moi qu'on dirait les miens tout crachés, comme une goutte d'eau. Le Juste tenta une rampette vers sa boîte où il passe le principal de ses jours, en poussant et tirant péniblement de son avant-bras en guenilles, mais ça ne va jamais chier loin avec lui, le pauvre n'a que le tic-tac et l'erre d'aller, et encore. De toute façon il ne pourrait pas se déplacer bien loin à cause de la chaîne qu'il a autour du cou et qui le retient au mur. Il a une sorte de sac aussi, j'allais oublier de le dire, autour du ventre et des fesses, pour les fois où il voudrait se vider le trou.

La voix revint à l'inspecteur, quoique toute mai-grichonne.

— C'est horrible... c'est atroce... c'est... c'est votre sœur ? ta sœur jumelle ?

J'eus un bref haussement d'épaules et levai les yeux vers la voûte, l'air de lui dire ce que vous êtes bête !...

— Et ça ? fit-il encore, car il n'était pas au bout de ses étonnements, le chevalier en braquemart.

Il approcha la lampe de la caisse de verre. La robe, on ne peut plus dire qu'elle est encore de ce côté-ci des choses, parce que c'est un peu comme une couche de boue séchée, et les ossements, il faut avoir été prévenu, je crois, pour s'exclamer que c'en sont. Mais le crâne tient le coup, il est encore de ce monde. Il reste quelque chose des dents aussi, ainsi que la maison des yeux, les cavités où ils ont vécu jadis leur vie de regard.

— Et ça, ça serait votre mère ?...

J'aime écrire les mots qu'a prononcés votre bouche, même quand c'est une bêtise, j'ai l'impression ainsi que je les serre entre mes cuisses contre mon cœur, vos lèvres. J'aime parler de vous aussi bien à la deuxième qu'à la troisième personne, en voyageant de l'une à l'autre comme le fait, l'été, du buisson aux jon-quilles mon amie la libellule aux ailes émeraude. Vous eûtes un brusque élan de colère, contre l'auteur des choses si j'ai bien saisi, omnipotent et maître ès injus-tices, et amateur de mères en lamentation. Vous pestiez entre vos dents en tournant en rond dans le caveau.

— Mais qu'est-ce que c'est que toute cette hor-reur, mais qu'est-ce que c'est…

L'inspecteur dut s'appuyer au mur, la tête pen-chée, comme un Juste. Il la releva enfin et me considéra longuement, et je comprenais à ses yeux qu'il trouvait que l'univers faisait grand-pitié, et moi dedans, tout particulièrement. Il était bien temps que quelqu'un s'en aperçoive sous la croûte. Et alors moi d'essayer d'expli-quer, encore et toujours, c'est ma croix et mon lot :

— Elle n'a pas de peau derrière ses bandelettes, je crois. Ç'a été la grande calcination, tout a brûlé en des-sous. Je dis elle parce qu'on peut dire les deux. On dit il ou elle en parlant du Juste Châtiment parce que les très-très rares fois où il en parlait, papa était comme tout de travers dans le genre des mots, et disait elle, nous en en refilant l'habitude.

Il faut que ce soit le grand silence pour qu'on l'en-tende, mais parfois le Juste a une plainte très faible qui lui sort de la gorge, et comme c'est presque toujours le silence dans le caveau, alors on l'entendit en émettre une, de faible plainte. Je lui approchai son bol d'eau croupie, mais sa paupière gauche se rabaissa avec une lenteur de bœuf. Elle n'a pas le don de la parole, il faut la comprendre, alors elle se ferme l'œil gauche comme ça quand elle veut dire non, c'est humain. J'éloignai l'eau croupie de ses dents.

L'inspecteur se pencha vers le Juste, avec circonspection et crainte, et à peine bougea-t-elle l'auriculaire, qu'il sursauta vers l'arrière, comme mon frère le couillon quand il a peur à l'aube des chauves-souris qui rentrent au bercail au-dessus de nos cheveux, amicales pourtant.

— Elle ne peut pas se tenir debout, poursuivais-je en lui retroussant un bout de bandelette, on dirait qu'elle a des jambes juste pour rigoler. Mais on s'étend parfois l'une près de l'autre et je m'amuse à la dérouler de tout son long et à trouver que nous sommes exactement de la même grandeur. À ce que j'ai pu comprendre de ce que m'a dit père, qui n'était jamais explicite sur ce genre de choses, il fallait toujours tout deviner avec lui, raboudiner des bouts de phrases avec d'autres, mais le Juste aurait fait brûler ce qui est mort ici à ma gauche dans la caisse de verre, mais ç'a dû se passer avant que nous fussions sur terre, frère et moi, car je ne me rappelle pas avoir jamais eu connaissance de l'événement, si c'en est un. Je présume qu'ils sont là, je veux dire le mort et le Juste, depuis que le monde est monde, et papa disparu sans crier gare, on se contentera de ce que je viens de fournir comme lumière là-dessus.

Je posai ma main sur sa tête, en lui souriant je crois, pour lui montrer que je n'étais pas fâchée contre elle. Je dis encore à l'inspecteur :

— Le Juste Châtiment, c'est comme ça que ça se

nomme. Sans lui, c'est à se demander si nous aurions même l'usage des mots. Ça m'est venu une fois que j'y pensais. Tout ce silence qui est dans la vie du Juste, c'est peut-être ça qui nous permet, à mon frère et à moi, d'être à tu et à toi avec la parole, moi surtout. Je veux dire, c'est comme si le Juste avait pris tout le silence sur elle-même, pour nous en libérer, et nous permettre de parler, et que serais-je sans les mots, je vous le demande un peu. Bravo le Juste, c'est de la belle ouvrage. Voyez-vous ça. On dirait de la souffrance à l'état pur, toute dans un seul paquet. Elle est comme de la douleur qui n'appartiendrait à personne. On ne sait même pas si elle a de la comprenette dans le chapeau. Je serais por-tée à penser que oui, un peu, quand même.

L'inspecteur des mines a eu comme un coup d'énervement et il s'est précipité vers le mur et il a empoigné la chaîne du Juste en souquant et souquant, comme pour l'arracher, mais cela tenait bon, n'ayez crainte. Le Châtiment, elle s'était recroquevillée davan-tage, à cause de son fonds craintif. Moi je continuais à parler en enlevant machinalement des grains de pous-sière sur la caisse de verre.

— Frérot ne vient jamais ici, parce qu'il a toujours eu la frousse satanée du Juste. Papa et moi par contre, la nuit, nous y passions les longues heures. Il posait le front sur la caisse de verre et se payait de larmes. Moi, me croira qui veut, mais je n'ai jamais pleuré, là ni ail-leurs, de toute ma putain, ça ne me sort pas, comme. Papa tenait sa main dans la mienne, en pleurant, c'est la syntaxe de saint-simon. Et puis, je ne sais pourquoi, voilà déjà bien des pompons, il n'a plus voulu venir ici non plus, papa, et j'étais obligée de m'attacher une ficelle au bout du doigt pour ne pas oublier de nourrir le Châtiment, qui ne mange que du gruau, et de l'épousseter, de lui changer de temps à autre ses bandelettes, comme m'avait enseigné à le faire papa, car les bandelettes, c'est la vie, elles ont tendance à pourrir un peu, elles sentent le médicament. Le Juste, père ne voulait plus même en entendre parler, dans les derniers temps de son séjour. Quand j'osais un mot là-dessus, il me servait un horion, si vous voyez ce que je veux dire. Alors j'ai continué toute seule à y venir, surtout quand j'avais du chagrin, ou rien qu'un poids de mélancolie. Il me semblait que, sur nos terres, il y avait plus d'amour dans ce caveau qu'ailleurs, à cause de la manière dont papa avait passé de longues nuits à tenir sa main dans la mienne.

J'avais bien sûr un peu menti au poète des mines quand je vous avais dit que je n'avais jamais pleuré de ma putain, parce qu'il y avait bien les fois où papa nous faisait l'attacher aux chaînes des portes de la galerie de portraits et qu'il me forçait à le frapper avec un linge trempé, ainsi que les fois où je pompais l'orgue avec mes jambes, ou de manière générale quand j'étais assaillie par la musique, mais j'avais dit cela à l'inspecteur pour faire mon indépendante et montrer que j'avais ma dignité aussi, pour qu'il me trouve fascinante ainsi qu'intensément jolie.

L'inspecteur ferma les paupières et secoua la tête avec un air de douleur et de découragement. Quand il rouvrit les yeux, toujours de sa voix la plus petite, et même que ça m'a fait quelque chose que vous ne vouliez plus me traiter à la deuxième personne du singulier des petites chèvres :

— Et enfin, ça ? Qui vous a fait ça ? Votre frère ?…

Puisque je porte un large chandail, on ne se fait pas une idée juste de mon ventre, mais hier, quand il me faisait de la façon, en me serrant contre lui, l'inspecteur des mines n'avait pas pu ne pas sentir.

— Oui, je sais, mon ventre est enflé. Et plus ça enfle, depuis bientôt au-delà de deux saisons, et plus j'ai l'impression que la perte de mes couilles est cicatrisée dans mon corps, sinon dans mon âme qui me distingue des pauvres soldats de mon frère, parce que je ne saigne plus depuis bientôt plus de deux saisons. Mon ventre enfle et, ce qui est curieux, c'est que j'ai le sentiment qu'il y a quelqu'un d'autre que moi en-dedans, comme si je commençais à être quelque chose et demi. Ça fait ceci dans mon ventre en ce moment même, touchez.

Je me suis vue obligée de prendre votre main, que vous m'avez abandonnée toute molle et que je posai sur ma bedaine à surprises.

— Au début, ça faisait le vrombissement tranquille d'un bébé bourdon, qui voyagerait de droite à gauche dans mon ventre en traçant une ligne, tout doucement, tout doucement, et je sais bien ce que c'est qu'un bébé bourdon. Sentez-vous que ça bouge en ce moment même à l'intérieur de moi ? Ça commence à ressembler à des coups, de doux horions que m'enverrait la vie depuis le fond de mon ventre. Chaque fois que j'en reçois un, peu importe où je me trouve et dans quelle page et dans quelle phrase, j'écris dans mon grimoire ces mots : et zou. Au sang que je jette à pleins doigts, je vais vous dire, et aux horions de feu mon père, je préfère ces petits coups de vie que je sens à l'intérieur de moi, zou, zou.

Tout cela, encore une fois, exprimé pour que vous me trouviez mignonne et charmante à rendre dingue, mais l'inspecteur me regardait comme s'il ne comprenait pas comment je pouvais rire en un moment pareil. Mais qu'avait-il de particulier, ce moment ? En quoi aurait-il dû plus qu'un autre nous en boucher un coin ? Et c'était un rire bien inoffensif que le mien, allez, pas comme ceux de mon frère, un rire d'abeille plutôt, qui est ce qu'il y a de plus innocent sur la terre, car penser à cette vibration à l'intérieur de moi me mettait des pensées douces dans le bourrichon, et pour le nombre de douceurs qui m'arrivent sur cette planète satanée, je n'étais pas pour jeter des crachats conjuratoires dessus.

— J'ai bien senti hier que vous vous étiez détaché de moi parce que vous aviez senti mon ventre qui avait enflé. Et vous avez fui en criant : Il ne faut pas ! Il ne faut pas !

On entendit un coup de feu. La fenêtre du hangar vola en éclats et un sifflement vertigineux passa au-dessus de nos têtes.

— Mais il nous tire dessus, ce monstre !

Une seconde détonation. Cette fois-ci la balle dut

se perdre dans les pierres du mur à l'extérieur. Le Châtiment s'était ramassé dans son petit tas, avec une sorte de gémissement, la tête cachée dans ses ailes comme une perdrix. L'inspecteur s'agenouilla et risqua un œil par le soupirail éventré. Je ne peux pas dire ce que ça me faisait de vous voir ainsi à genoux, le visage seul éclairé par la lumière du jour tombant du soupirail, combien je vous trouvais majestueux et tout, on aurait dit jeanne d'arc recevant par la tête un éclair du saint-esprit au fond de son cachot. Puis vous avez bondi vers moi, et dans un chuchotement qui ressemblait à un cri :

— Il n'a plus de munitions, je pense. Il est parti en chercher dans la maison. Vite ! Il ne faut pas que vous restiez ici. On va s'enfuir sur ma moto !

Nous sommes sortis à toute vitesse. Je tombai dans la boue en courant vers la moto, car le grimoire est encombrant et je ne voulais pas l'abandonner, vous pensez bien. Mais vous m'avez relevée, mon prince, vous m'avez relevée. Vous m'avez calée sur vous, tout contre votre ventre, pour que je sois à l'abri de la cornemuse de mon frère, et tout à coup ça s'est mis à chauffer et vibrer entre mes cuisses, c'était bon, et votre monture de pétarader, je me suis sentie emportée dans un magnifique étourdissement les portes grand-ouvertes en direction de votre royaume.

Il y eut encore deux détonations, si ma mémoire est fidèle, que nous entendions à peine en raison du vrombissement de votre monture, puis il y en a eu une troisième, une dernière, et alors, je ne sais pas comment j'ai fait pour le voir tellement c'était rapide, vous avez porté la main à votre nuque, comme lorsque une mouche nous pique, et votre monture a perdu la tête, tout a versé, et mon crâne a percuté le sol, ne me demandez pas comment. Quand j'ai pu enfin me relever, les roues de la moto continuaient de rouler dans le vide toutes seules, car elle était étendue sur le côté, et le bruit que ça faisait, on aurait dit qu'elle hurlait de désespoir. Et je vous voyais, par terre tout près, la main sur la gorge, je voyais le sang gicler rythmiquement entre vos doigts, et je ne sais pas combien de temps cela a pu prendre avant que vous ne cessiez tout de bon de me regarder avec ces yeux de bête qui ne comprend pas pourquoi on lui assène des coups, surpris et implorants à la fois, puis tout à coup figés comme des trous, mais j'ai déposé mon front sur votre poitrine et j'ai pleuré, j'ai pleuré.

Quand j'ai relevé la tête enfin, je vais vous dire, la monture avait fini de hurler et j'étais déniaisée sur toutes choses. J'avais définitivement compris que nos rêves ne descendent sur terre que le temps de nous faire un pied de nez, en nous laissant une saveur sur la langue, quelque chose comme de la confiture de caillots, et j'ai repris le grimoire, comme ça, au beau milieu du champ, et mon crayon a poursuivi comme un seul homme, car un secrétarien, un vrai, ne recule jamais devant le devoir de donner un nom aux choses, qui est son office, et je me trouvais déjà assez désarmée par la vie pour ne pas désirer me dépouiller davantage, à l'instar des franciscains et des mules aux yeux doux, et aller jusqu'à me démunir de mes poupées de cendre, je veux dire les mots, tant il est vrai que nous sommes pauvres de tout ce qu'on ne sait pas nommer, comme dirait le Juste Châtiment, si elle savait parler.

Quant à mon frère, il faut bien que je le dise, il continuait de s'affairer, comme si de rien n'était, et que cela avait encore du sens, c'est à cause de ses couilles, je pense. Peuh. Je lui jetais de temps à autre un regard, pas même pour le mépriser, mais pour le prendre en pitié dans sa pauvre tête carbonisée par la grâce, toute barbouillée de religion. Il est parti tantôt creuser un trou en bordure de la pinède, maintenant c'est fait. Il est revenu s'agiter autour de la maison. À l'aide d'un couteau, il a tranché la corde enroulée autour de cheval telle une sangle, afin de s'emparer du sac qui contient le cadavre de papa, je le sais bien. Et puis, j'ai vu les premières volutes de fumée s'élever de la bibliothèque où mon frère justement avait vaqué à je ne sais quoi, il n'y avait pas vingt minutes. J'ai penché la tête et j'ai recommencé à écrire. Au point où on en est maintenant sur cette terre.

Quelques instants à peine plus tard, je le vis qui s'approchait derechef, mais cette fois-ci de moi. Je ne peux pas dire en fait que j'avais peur, car il n'y a plus grand-chose qui me retienne ici-bas, où tout est chaîne justement, et l'on ne tient plus tellement à exister une fois ces chaînes perdues, ce n'est pas le Châtiment qui me contredirait. Pour peu que j'en eusse encore une, c'était la chaîne à l'intérieur qui me reliait à mon ventre depuis bientôt au-delà de deux saisons. Je me disais : Tant que celle-là tiendra...

Quant à ce que pouvait frère à présent contre moi, peuh, et je le lui ai envoyé dire avec mes yeux chargés de petites foudres. Il a eu un geste du bras qui m'envoyait au diable, puis il a jeté contre ma figure un petit morceau de l'univers, flasque et gluant, sorti de sa poche. J'ai regardé dans l'herbe ce que c'était. Hé bien. Jusqu'à notre seul jouet la grenouille qui en est maintenant au stade de la dépouille. Frère est reparti vers celle de papa. Il l'a emportée ensuite avec des difficultés, car c'est lourd un corps quand il n'y a plus personne dedans, il l'a engloutie tel que promis au fond du trou qu'il venait de creuser, puis a planté dessus la croix que j'ai construite hier au matin. Et voilà. Tout est consommé.

Du moins le croyais-je. Car qui ne voit-on pas retontir tout à coup derrière moi avec un coup de canne dans mes reins ? Eh oui, le quêteux. Ah la la. Avec ses ricanements de convoitise vicieuse et ses bruits de gorge comme un chien, qui sont, on le sait, son moyen d'expression. J'étais toujours étendue le nez dans mon grimoire, non loin des restes de mon fiancé aux yeux fixes comme des trous, et le quêteux de me taquiner les côtes avec l'extrémité satanée de sa canne. Qu'ai-je fait au bon dieu, bonne mère. Il s'est aplati sur moi, vrai comme je suis. J'avais sa bougne dans la figure et les remugles puissants de son sandwich à la nourriture dont il lui était resté des filaments viandeux entre les dents. Il s'est mis à tirer sur mes paupières et mes lèvres, avec des rictus, comme papa nous faisait le lui faire à la belle époque, on aurait dit pour se moquer de moi et se venger. Enfin, soulevant ma jupe, il a commencé à essayer de me gigoter dessus, genre mon frère avec ses couilles, alors j'ai crié vers ce dernier, par demande à l'aide, mais pensez-vous. Frérot était revenu vers cheval, je le voyais, et je vous le dis, il grillera en enfer, frérot, si ce n'est déjà fait, car voilà ce qu'il fit. Il saisit son fusil et le collant sous la mâchoire de cheval à demi couché, il la lui fit sauter, bataclan ! Pour un instant très bref, j'aperçus un bouquet de fumée jaune, rouge et bleue, qui retomba en gerbe autour de lui, avec un bruit de grêlons. Cheval s'est affalé comme une poche. Et c'est le moment que choisirent les marioles pour se pointer soudain à l'extrémité du chemin, un seul gros tas bien compact de semblables arrivés tout droit du village, ils n'en feront jamais d'autres.

Frère tira un coup de fusil dans leur direction, en guise de panique. Puis, abandonnant sa cornemuse sur ce qui restait de cheval disparu, il a déguerpissé toutes jambes dehors, et zou. Et le quêteux de se redresser ainsi que son pantalon, avant qu'il ait pu faire sur moi par bonheur le moindre dégât, gloire au ciel pour faveur obtenue, et le voilà se précipitant sur son manche avec de grands signes vers les marioles, en faisant l'innocent et comme s'il était saprement heureux de les voir, cauteleux jusqu'au trognon. Moi j'en ai profité pour aller me cacher à toute vitesse dans le caveau du Juste.

Qui semblait comprendre quelque chose à tout ce qui nous arrivait de catastrophique : quand je vous disais qu'elle avait de la comprenette dans le chapeau. Elle était dans tous ses états, ce qui veut dire qu'elle balançait très-très lentement sa lourde tête de droite et de gauche en émettant un long aaaaaaaaaaaah monotone et continu qui lui sortait à peine de la gorge. Je ne l'avais vue qu'une fois dans cet état et il n'y avait pas de quoi rire, c'était la fois où papa en découpant les bandelettes avait eu un faux mouvement du ciseau et un peu de la lame avait glissé sur son absence de peau, et elle s'était mise comme ça à faire un aaaaaaaaaaaah monotone et continu en se balançant le bourrichon de droite et de gauche en manière de douleur, et papa en avait pleuré, tellement ça lui avait causé du remords dans la poitrine, il n'avait pas arrêté durant deux minutes de poser tout doucement et précautionneusement des baisers sur son front à elle, le Juste Châtiment. J'observais par le soupirail où en étaient les marioles et le quêteux au milieu d'eux qui sautillait sur place en s'animant et jouant au héros. Il devait y en avoir une bonne douzaine, c'est pas moi qui me serais donné la peine de les compter, peuh. L'un d'entre eux avait été éraflé à la cuisse par la balle de fusil de mon frère, si j'ai bien compris, et il la montrait à tout le monde, jouant au héros lui itou, sa cuisse. On regardait vers la bibli, ainsi nommée par affection, la bibli à bibi, en se demandant quoi faire de l'incendie, qui commençait à avoir le vent dans les voiles et de gros bouillons de fumée rousse. Ça paniquait un peu, en tournant en rond, parmi nos prochains. Il y avait le curé aussi, le petit prêtre de la veille qui m'avait fait goûter de ses horions et qui faisait semblant de prier dessus les restes de ce qui fut un chevalier en armure ainsi que le grand amour de ma vie, ce qui m'a serré un peu les dents et les sourcils, je lui aurais volontiers donné un coup de bottine dans les enflures, à cette soutane, mais bon. Mon frère en fin de compte était revenu de son propre pauvre chef, et je vais vous dire, c'était la reddition à plates coutures. À genoux aux pieds de nos semblables, les épaules au sol, le trou en l'air, il se protégeait l'occiput des deux mains, en tremblant comme de la gelée de menthe, dont on agrémentait à l'occasion le gruau du Juste, je sais de quoi je parle. L'agent au pistolet de dimensions vertigineuses de la veille me semblait lui parler doucement, à mon frère, comme pour ne pas effrayer sa panique au-delà de la mesure et l'inciter à se relever, mais pensez-vous, le trou en l'air toujours et les mains sur l'occiput, il n'y avait rien à faire. On fut obligé de s'agenouiller pour lui passer les menottes. Ah la la, si vous voulez mon avis.

Voilà, tout tire à sa fin, c'est une loi de l'univers, à commencer par ce grimoire, plus que quelques pages encore avant le grand sacrifice. J'ai très peu de temps, et je n'aurai pas eu celui de tout dire, vous m'en voyez désemparée. J'aimerais ajouter simplement ceci au chapelet de mes déconvenues, savoir que je me demandais depuis quelques secondes à peine si tout ce que nous vivions depuis la veille au matin, ratages, colères, paniques et humiliations, et que nous avions cru en dehors de toute orbite paternelle, ainsi que ça se nomme, si toutes ces choses n'étaient pas en fait exactement ce que papa eût voulu qu'elles fussent. J'ai crainte que nous n'ayons rien fait que continuer à lui obéir, sans le savoir, n'y pouvant mais, emportés tous les deux par un mouvement fatal qui émanait de lui, continuant à nous entraîner dans sa vague, encore et toujours. Je dis la chose comme elle m'apparaît. Peut-être n'avons-nous jamais cessé d'être ses poupées de cendre. Je veux dire que, du fond de sa disparition, il continuait à se jouer de nous, à se payer notre angélique bourrichon avec la même inquiétante assurance dont je fais preuve, moi, en me servant des mots. Père n'était pas homme dont la puissance s'arrête si court. Sa propre dépouille n'était peut-être qu'un jouet pour nous leurrer, nous-mêmes autant que l'univers dans sa totalité pensive. Je songeais à cela en regardant le trou où frère avait enseveli sa grandiose disparition en bordure de la pinède, et je me disais que si on se mettait à raconter un jour que quelque chose sous cette croix sans nom ni date, avec une secrète ironie, faisait pourtant encore faiblement remuer la terre, je ne serais pas autrement étonnée, allez. Je veux dire que nos semblables ont tendance à stupéfier en présence de ce qui est disparu nulle part, en raison de leur fonds humain, ça les incline à ruminer l'herbe des morts, qui rend imaginatif. Et le premier soleil d'une religion, à moins que je ne me trompe, c'est toujours un cadavre qui bouge.

Mais non merci, plus pour moi. Je me désintéressai du spectacle des marioles et commençai à faire mon bagage de toutes mes petites affaires qui jonchaient dans le caveau, à commencer par la planchette de bois dont sûrement, avant que pleuvent les derniers mots, je trouverai le temps de reparler, partie remise. Je pris aussi mon image préférée de mon beau chevalier que je calai contre mon ventre sous ma jupe, et puis un vieux dictionnaire des mémoires de saint-simon qui tombait en morceaux choisis. À la tête qu'elle avait en me regardant faire, le Juste Châtiment, on voyait bien qu'elle en avait de la comprenette, parce qu'elle ne bougeait plus lentement de droite et de gauche son bourrichon, et qu'elle m'observait avec intensité plier bagage, et cela lui mettait de la buée désemparée dans les yeux. Mais enfin, étions-nous là, je veux dire sur cette terre satanée, pour faire du sentiment?

Je m'approchai de son petit tas et m'accroupis pour l'avoir à portée de mes mains et de ma bouche. Je lui souris en lui flattant le crâne et en montrant la chaîne au mur avec un triste haussement d'épaules afin de lui faire comprendre qu'à tout prendre je préférerais l'emmener avec moi, mais rien à faire, c'était la faute à l'impossible. J'ai même utilisé des mots pour lui dire que de toute façon ils finiraient bien par la trouver, nos semblables, et que peut-être alors, une nouvelle vie commencerait pour elle, avec du soleil, en dehors de son cachot. Pauvre Juste Châtiment, comme elle me regardait. Vraiment ses yeux, je vous jure, une vraie goutte d'eau avec les miens, on dirait que je me regarde moi-même la figure dans la chaudière du puits, l'été. Elle s'est mise à vouloir recommencer avec son long son monotone et continu, mais je lui posai la main sur les dents, doucement, avec un sourire, et un air avec mes yeux qui n'étaient pas chargés de petites foudres en cet instant, mais d'un peu d'eau salée qui aurait l'heur de la rassurer, j'en fis du moins la prière au ciel, s'il en reste. Quant à la caisse de verre, je me suis dit laissons les morts enterrer les morts, et je suis partie, zou, par la porte de derrière. Les marioles ne m'ont pas vue.

Au fond, et pour tout dire, je l'avais toujours un peu su que j'étais une pute, je n'ai pas attendu qu'un chevalier me traite de petite chèvre sauvage pour m'en douter. Mais il y avait que mon père me traitait comme son fils, et ça me mettait une barre entre les jambes, au figuré. Je veux dire qu'il m'était interdit de me déplacer librement en moi-même, où j'étais toute coincée, étouffée, incapable de m'acheminer tranquillement vers ma toute simple vérité, à savoir que je pouvais fort bien n'être pas une couilleuse, à l'instar de qui vous savez, sans pour autant être anormale dans ma future dépouille ou dans mon bourrichon. Maintenant, de là à avoir une sœurette, il y a une marge, ainsi qu'une planchette, dont je reparlerai. Mon frère, ses couilles on aurait dit que personne n'en avait eu avant lui et qu'il les découvrait pour la première fois avec émerveillement chaque matin que le bon dieu amène, mais il n'a jamais fait le lien avec à quoi ça sert, son bataclan, jupiter junior. Il y a des choses qui ne lui entrent pas dans le bourrichon, quoi, et il était sincère, je le crois bien, quand il a introduit son doigt dans l'orifice sensible de papa, la veille encore, pour vérifier s'il était possible que nous fussions sortis de là, lui et moi, même que lorsqu'il a vu la saucisse se cambrer par vertu magique, ç'a été son coup de surprise, à frérot, il ne se serait jamais attendu à cela venant de la dépouille d'un disparu. Moi aussi j'ai cru longtemps, par religion, que papa nous avait pétris avec de la boue. Mais les choses qu'on croit par religion et les choses qu'on croit tout court, c'est deux, et j'avais bien vu depuis haute comme trois pommes comment par où nous arrivaient les veaux et les gorets, je ne me suis jamais prise pour une exception. Le fort c'est que frérot le voyait bien, lui aussi, ce qui se passait du côté de ces pensives créatures, mais je ne sais pas, il n'a jamais fait le lien. Que voulez-vous, l'intelligence, c'est comme les enflures, on ne décide pas d'en avoir comme on veut. Quoi qu'il en soit, c'est cela qui me roulait sous le chapeau tandis que je me dirigeais sans plus même me presser vers la salle de bal de mes rêves, peuplée des plus aimables fantômes.

Si j'avais du temps, je toucherais un mot de ce

qu'avaient l'air les cochons dans la souille, ouille! La peau et les os, et encore, pour ne parler que des mieux nantis. Ça tremblote, ça dégouline du groin, un liquide verdâtre, et les vaches encore, et les moutons, si c'en sont toujours. On a été un peu négligent quand même, j'avoue. Nous grillerons quelque part un jour pour cela, j'en ai bien peur, et quand me viennent des idées comme ça, je vais vous dire, l'éthique de spinoza, je m'en bats pas mal le trou. D'aucun secours aucun, et zou. Les écuries, il faudrait des canons juste pour ouvrir les portes. Tss. Quelle misère. Et je ne dis rien des poules.

Et puis crotte, je pénétrai dans la salle de bal, en gravissant les marches qu'on dirait des nuages pétrifiés, à cause du marbre. Je me dirigeai vers les armoires, comme un taon vers la seule fleur du jardin, pour me farcir en passant une orgie de lumière. J'ouvris avec mes petits bras et mes petites jambes les hautes et lourdes portes vitrées qui donnent tous azimuts sur le mire-à-tout et, gare à vos robes, car vous ne me croirez pas, mais il y avait du soleil! Et même pas mal, qui tombait sur la campagne par le trou des nuées. Je m'y absorbai un long moment pour me consoler le cœur. La montagne part d'ici et se rend jusqu'à l'horizon, avec des bonds en pente faible et des petits sauts, et des ruisseaux qu'on entend chuter, chuinter. C'est dans cette direction que papa lâchait le coup de canon les jours où le bouc nous arrivait. L'épinard des forêts est doucement en train de virer au jaune et rouge piment fort, dans un catimini d'automne. Pas les conifères bien entendu, ils ne savent pas même ce que c'est qu'une saison, ces marioles. Mais les autres arbres, car il y en a, et jusqu'ici encore, ébouriffés et feuillus, avec des rondeurs de champignon. Et je me disais qu'est-ce qu'on a fait de tout ça, pensant à nous-mêmes autant qu'à nos semblables dans leur totalité pensive. On dirait des fois que je suis seule sur terre à l'aimer, moi, la vie. Mais quand on essaie d'aimer, tout devient compliqué, car peu de gens ont de cela la même imagination dans le chapeau. Aurait-on assez de place sur la terre si on marquait d'un petit caillou blanc chacune des déceptions de l'amour, en tout cas ça se verrait de la lune, avec la muraille du chinetoque. Prenez mon frère. L'amour, pour lui, je n'ai pas idée de ce que c'était, à part me gigoter dessus, ce qui me mettait en rage et désespoir, mais tac, l'oreiller sur la tête, et envoye par là, la petite chèvre, endure, endure, jusqu'à ce que, enfin, toute saucisse ramollie, je pouvais recommencer à respirer dans mes poumons. Après la disparition de ma dépouille, j'irai peut-être sur les tisons pour ça, mais je l'écris ici en droiture et simplicité, je crois que je ne l'aime plus du tout mon frère. Tant pis. M'a trop déçue trop souvent. Il me promettait ceci, il me promettait cela, de se laver les pieds, de ne plus boire de bon vin en cachette. Quant à mon père, que voulez-vous que je vous dise, quelqu'un qui a passé les longues heures à tenir sa main dans la vôtre en pleurant dans un caveau… Il ne m'a jamais gigoté dessus, lui, en tout cas, ce n'était pas son fort, et c'est déjà ça de gagné à son honneur, je l'affirme à la face de l'auteur des choses sans vergogne ni pitié. Le Juste aussi je l'aimais bien, mais ça… À cause de son silence, qui m'a fait don des mots.

Quoi qu'il en soit, j'étais sur le mire-à-tout et il me venait par coups de vent des odeurs de bois brûlé, car je vais vous dire, elle se démenait fort la bibliothèque, toute tordue dans ses fumées et ses flammes. Tant pis aussi pour la galerie de portraits. C'est tout juste si je pouvais percevoir du bout de l'œil un semblable ou deux qui, à cette distance, auraient pu être tout aussi bien des mouches sur un tas de crotte, et ne valaient guère mieux, si j'en juge. Je crois qu'ils portaient des seaux, ou quelque chose d'approchant, en sots qu'ils sont eux-mêmes, car enfin, un incendie comme celui-là, ils auraient été tout aussi bien d'essayer de l'éteindre en crachant dessus, ça n'aurait pas changé le diable à l'affaire, si vous voulez mon avis. Quant à la cuisine de notre terrestre séjour, dieu sait comme je m'en tapais le bolo. J'en profitai au grand soleil pour gribouiller tout mon soûl, le vent en poupe, ma proue plantée dans l'horizon, la page est une blanche caravelle, et j'avais mis la planchette de bois sous mon grimoire, dans l'intention de faire le lien entre les deux. Je veux dire que je tenais beaucoup à en parler, de cette planchette, dans ce grimoire, parce que je voulais pour ainsi dire les marier ensemble pour le grand sacrifice que je m'apprête à accomplir.

Je parle de la planchette qui remonte à l'époque d'avant que je me souvienne des coups, si ce n'est davantage, quand c'était le soleil à longueur de journée, et qu'il y avait la petite angelote près de moi, qui m'était une goutte d'eau. Papa, qui captait par vertu magique les rayons échoués du soleil dans sa loupe, avait écrit en lettres de feu sur la planchette ces mots qui y sont encore, et qui n'ont peut-être l'air de rien, mais ils résonnent dans ma tête comme un serment : *Ariane et Alice, 3 ans.* En dessous se trouvait encore un cœur, au pourtour noir de suie, dessiné lui aussi avec de la foudre concentrée, et rien qu'à scribouiller ceci, le secrétarien a l'impression d'entendre derrière lui la voix de cette pute qui sentait si fraîche, une grande dame comme eût dit le duc de saint-simon, qui écrivait encore dans le latin vulgaire, et le rire de cette grande dame était dans mon souvenir comme un reflet d'étoile dans un étang d'eau vierge.

Puis je revins à l'intérieur de la salle de bal, après avoir écrit les caravelles qui précèdent. Ayant refermé le manteau du chameau à queue, si c'est ainsi que ça se nomme, et posé ensuite le grimoire par-dessus, avec la planchette, je commençai à ranger par rangées sur le plancher ma coutellerie, sous l'éclat des lustres qui scintillaient au soleil comme des tsoulala, car il ne faut pas se laisser abattre par des riens dans cette vie, et j'étais prête à danser de nouveau, et que la fête commence !…

Mais tout soudain mon ventre a lâché un hurlement et me voilà partie par les genoux, abattue comme fusillée, abasourdie et éblouie de ce brusque éclair de souffrance. J'avais l'impression qu'on venait de me déchirer les entrailles comme de la toile. Et autour de ma jupe, qu'est-ce que c'est ? une flaque de gelée mauvâssonne, avec des reflets d'eau, ne me demandez pas par quel trou ça m'était sorti. Du calme, Alice. Je me suis relevée. Je marchais comme un héron sur la fragilité de mes jambes, un peu penchée, ma main posée sur mon ventre à surprises avec une tendresse inquiète qu'on ne m'a jamais dédiée, mais je n'étais plus toute seule en dedans de moi-même, j'avais quelqu'un à caresser. Car je commençais à savoir ce qui était en train de se passer, allez, je n'avais pas besoin de consulter un dictionnaire, encore les veaux et les gorets. Ça veut sortir mais jamais j'aurais pensé que cela aurait voulu sortir si tôt. En me fiant à ce que j'avais glané ici et là au hasard de mes lectures, je m'étais donné trois saisons, et c'est vrai, pardi, qu'on s'en approche, j'ai cessé pour la première fois de saigner qu'on était encore dans la neige en hiver, comme en témoignent mes souvenirs. Mon ventre n'est pourtant pas si gros, et c'est ça qui me tarabuste. Tout nous confond dans les ouvrages de la nature, c'est l'auteur des choses qui s'amuse à ça, on dirait.

Alors j'ai gagné avec de la misère le chameau à queue où j'avais posé le grimoire. Je suis restée debout, parce que juste plier mes jambes pour m'asseoir et ça me lâchait un cri dans les abysses. C'était égal, j'écrirais debout. Du reste, au bout de quelques minutes la douleur s'était déjà calmée, encore que la petite chèvre sentît fort que ce n'était que partie remise et consorts. D'ici là, je tiendrais le coup en scribouillant, ma main dans celle de la patience. On n'échappe pas à soi, dans un sens comme dans un autre, fût-ce par la peur, il n'y a pas d'issue. Car même la joie, surtout la joie, me fait peur à moi, je ne sais pas si on l'a compris, et en attendant que la vie éclate de mon corps, que les vraies déchirures d'en dedans ne commencent, et que l'enfant qui me hurle son nom réclame aussi sa part de cette planète en débris, je me réfugiais comme de coutume dans mon crayon. Car que faire d'autre qu'écrire pour rien dans cette vie ? D'accord, d'accord, j'ai dit « les mots : des poupées de cendre », mais c'est trompeur aussi, puisque certains, quand ils sont bien rangés en phrases, on reçoit un véritable choc à leur contact, comme si on posait la paume sur un nuage au moment juste où il est gonflé de tonnerre et va se lâcher. Il n'y a que cela qui m'aide, moi. À chacun ses expédients.

Environ un demi-tour d'horloge maintenant que j'écris debout penchée sur le manteau du chameau à queue. Les derniers rayons de l'après-midi se déversent sur les dalles par flaques tièdes sous mes pieds, et je me sens comme dans un ruisseau, avec du soleil jusqu'aux genoux. À force de dire que j'approche du terme, je finirai bien par le finir, ce testament satané. Ensuite, si ça ne se déchire pas trop raide dans mes eaux, je ferai un effort à tout crin pour brûler ces pages à la même flamme que la planchette, et puis voilà. L'entraille du chameau me servira de foyer, j'ai hâte d'entendre la musique qui va en sourdre. J'utiliserai les allumettes que j'ai ramenées du caveau où papa en laissait toujours traîner, hors de la portée du Châtiment bien entendu, mais pour qu'elle puisse quand même les voir, à titre de symboles, et se remémorer, et en tirer leçon, et regretter. Un mariole tomberait-il sur ce grimoire qu'il n'y pourrait d'ailleurs comprendre rien, car je n'écris qu'avec une seule lettre, la lettre *l*, en cursive ainsi que ça se nomme, et que j'enfile durant des feuillets et des feuillets, de caravelle en caravelle, sans m'arrêter. Car j'ai fini par faire comme mon frère, que voulez-vous, et adopter sa méthode de gribouillis, ça écrit plus vite comme ça, et c'est la vraie raison pour laquelle je ne peux pas moi-même me relire. Mais c'est égal, en alignant ces *l* cursifs, j'entends tous ces mots dans mon chapeau et ça me suffit, ce n'est pas pire que de parler toute seule. De toute façon qu'est-ce que ça change.

J'immolerai donc ce grimoire, comme papa sacrifiait le bouc au renouveau du printemps. Je nous revois tous les trois avec fifre, flageolet et tambourin. À chaque retour de la saison où père punissait jésus de mourir à jamais une fois de plus, on abattait le bouc, papa du moins, et même que frère et lui se jetaient dans le bon vin en trinquant dans ses cornes, beurk. Moi je buvais au goulot en ayant pitié de la pauvre bête, de sa carcasse écartelée, déshabillée jusqu'aux viscères, ouverte comme un dictionnaire, tandis que ces deux-là le lui bouffaient le bataclan à peine bouilli. Nous buvions jusqu'à ce que le crâne nous pète, des bouteilles et des gourdes, moi la première, il fallait bien, et cheval aussi. Papa une fois fin soûl, il titubait comme un moine damné, le flageolet dans le trou et allez donc, et tout en rigolant il entraînait mon frère par la jambe et l'enfermait de force dans le caveau. Frérot chialait et criait qu'on le sorte au plus vite, et le Châtiment, que voulez-vous, ça la mettait dans des états. Mais l'alarme de mon frère qui frappait de l'intérieur sur la porte, ah la la, éperdu et paniqué dans sa santé, on aurait dit un oiseau en costume de térébenthine, jamais autant ri moi-même, en raison de ce que le bon vin fait à nos têtes, et contre quoi on ne peut rien. Mais dans mon cœur, sans que ça paraisse, ça pleurait ferme, à cause du Juste.

Quoi qu'il en soit, mon bouc à moi, ce sera cet évangile de mon enfer, que je brûlerai avec la planchette, ce sacrifice aura la vertu de ne faire de mal à aucune bête, immaculée comme la paume des nuages, toutes innocentes jusqu'au trognon. Car je me prends à rêver au renouveau moi aussi. J'entends qu'une nouvelle existence pour moi, un printemps en plein automne va peut-être commencer, ce que je ne devrais jamais me laisser aller à faire tant c'est dangereux pour mon aplomb, qui est fragile, de rêver. Il me semble que je pourrais vivre ici avec l'enfant qui sortira dans quelques heures de mon corps d'engoulevent. Cela je le vois si je veux, en fermant mes yeux qui sont les yeux du Juste, aussi clairement que je vois ma main qui écrit, paupières rouvertes. Nous formerions une grande famille à nous deux toutes seules. Nous vivrions tellement ensemble, et si près l'une de l'autre, qu'un sourire commencé sur mes lèvres se terminerait sur les siennes, par exemple. Je lui peignerais ses petites ailes en attendant la mue. Je lui ferais des langes de papillon et des oreillers de tendresse avec l'amour qu'on ne m'a jamais donné, non plus d'ailleurs qu'au bouc qu'on assommait avec une pierre tandis que je dansais autour avec mon tambourin, et personne ne viendrait mettre ses sales sabots dans notre existence avec ses couilles. On se nourrirait du lait des chèvres, des légumes et des herbes qui sont la paix sur terre, ou de champignons de ma connaissance, on ne passerait pas notre temps à assassiner des animaux pour se goinfrer de leurs cadavres qui ne nous ont rien fait.

Et nous habiterions ici, dans cette salle de bal, et dans les tours aussi, et dans les dépendances que nous choisirions, car voulez-vous bien me dire de quel droit on arracherait la comtesse de soissons à ces terres qui lui appartiennent par tous les recoins de sa chair ardente?… J'ai l'air de pelleter les nuages, je sais. Mais rien de cela n'est la faute à l'impossible. Elle apprendrait à lire avec moi. Dans les dictionnaires que nous irons chercher dans ce qui restera demain de la bibliothèque incendiée, où quelques-uns, j'ose le croire, auront été épargnés, ç'a la vie dure les dictionnaires, mine de rien, ils ont le calme entêtement du bois dont ils sont issus, les arbres ne pouvaient pas nous faire de cadeaux plus beaux. Et nous lirons, nous lirons! Jusqu'à tomber par terre d'ivresse, car après tout qu'importe qu'elles nous mentent, ces histoires, si elles ruissellent de clarté, et qu'elles étoilent le chapeau des enfants déboulés de la lune étendus côte à côte deux par deux, elle et moi? Je crois bien que j'ai la fièvre, j'ai les tempes qui suintent et qui battent comme les flancs d'un basset à l'agonie, si mon avis vous intéresse toujours.

Oui je dis elle car ce sera une angelote à qui je serai une goutte d'eau, j'en veux pour preuve la conviction que je sens dans mon ventre. Elle grandira sans horion aucun, comme les fleurs qui n'ont pas besoin qu'on les maltraite pour pousser toutes couleurs dehors. Elle sera attentive et polie à l'égard des bêtes, elle ne les abandonnera pas dans le désemparement et la famine, comme hélas j'en connais, qui grilleront. Je lui apprendrai enfin à se méfier comme du feu des poupées séductrices et ravageuses, dangereuses à force de beauté, car selon les dictons de mon père, c'est à quatre ans qu'on aime trop les allumettes, et je l'appellerai Ariane, en mémoire du châtiment...

Un frémissement de linge blanc traverse la splendeur du ciel d'automne, flottant au-dessus de la rivière, on dirait un cerf-volant qui serait grand comme une église, les oies blanches. J'avais un cerf-volant moi aussi, en forme de poisson avec des écailles d'or, j'en prenais soin car il était mon nuage, mais il m'est parti des doigts un jour, envolé par le haut, j'en ai contemplé l'épave entravée au sommet d'un arbre durant tout un été, c'était à l'époque où je commençais à enfler du torse, les malheurs arrivent toujours main dans la main. Quant aux oies blanches, chaque année nous allions sur le sommet de la bibli à bibi pour les voir sacrer le camp, mon père et moi. Il me semble qu'elles sont bien d'avance, cet automne, et j'y vois un signe. Elles sont comme des pensées trop douces, trop belles pour qu'on puisse les garder au chaud dans notre poitrine en prévision des longs mois d'hiver, il faut nous résigner à ce qu'elles nous quittent tout d'un bloc, en essaim, à l'instar de celles qui montent en moi quand je songe au fruit de mes entrailles bénies, pensées qui font miroiter mon cœur et me terrifient de joie, et que je dois chasser de mon sein, car il n'est déjà plus temps pour les rêves de paradis, je sens en moi la digue qui va se rompre, que je serai bientôt en proie à la délivrance, et je sais d'expérience que mes imaginations ne m'ont jamais rien valu de bon, non plus que mes souvenirs d'ailleurs, et j'ai moins que jamais le désir de devenir folle comme une perdrix en feu, piquée de travers dans mon chapeau, toute barbouillée du sang de leur religion, et finir saccagée d'avoir trop attendu d'ici-bas, en martyre de l'espoir, comme ça arrive dans les meilleures familles.

27 janvier - 24 février 1998

Table des matières